U0449213

袁珂
YUAN KE

名师推荐
学生课外
阅读经典

中国神话故事集

ZHONG GUO SHEN HUA GU SHI JI

袁珂／著

长江出版传媒 长江文艺出版社

图书在版编目（CIP）数据

中国神话故事集 / 袁珂著. —— 武汉：长江文艺出版社，2023.8(2024.10 重印)
ISBN 978-7-5702-3191-1

Ⅰ.①中… Ⅱ.①袁… Ⅲ.①神话—作品集—中国 Ⅳ.①I277.5

中国国家版本馆 CIP 数据核字(2023)第 115113 号

中国神话故事集
ZHONGGUO SHENHUA GUSHIJI

| 责任编辑：高田宏 | 责任校对：程华清 |
| 设计制作：格林图书 | 责任印制：邱 莉 丁 涛 |

出版： 长江出版传媒 长江文艺出版社
地址： 武汉市雄楚大街 268 号　　邮编：430070
发行： 长江文艺出版社
http://www.cjlap.com
印刷： 武汉珞珈山学苑印刷有限公司

开本：700 毫米×980 毫米　　1/16　　印张：11.25
版次：2023 年 8 月第 1 版　　2024 年 10 月第 4 次印刷
字数：145 千字

定价：32.00 元

版权所有，盗版必究（举报电话：027—87679308　87679310）
（图书出现印装问题，本社负责调换）

走进中国古代神话的神奇画卷

小时候,我们一帮小伙伴最爱听老人家讲故事了。

大人们一天的劳作已经结束,吃过晚饭,大家三三两两地来到屋前的禾场上。我们则搬着小板凳,围坐在老人家身边。老人家用力地吸着水烟,吐出好几口之后,便开始讲了起来。我一直记得,他最喜欢讲的一句话就是:"自从盘古开天地,三皇五帝到如今。"好像只有这句话,才能给人以非常遥远非常神秘的感觉。每天晚上,我们都听得津津有味,直到大人再三催促,才恋恋不舍地回家睡觉。

从那时起,我便知道了世界原来是盘古开辟的,最早的首领就是三皇五帝。但是,盘古长什么样子?三皇五帝又是谁?在他们之后到底又发生了哪些神奇的故事呢?这些谜团常常萦绕在我们心头,却又得不到准确的答案。毕竟老人家读过的书也非常有限,他的那些故事也是小时候从上一辈老人家那里听来的呢!

后来,我曾特别留意这方面的书籍,以完成小时候的心愿。可是,这心愿竟是那样难以完成。所读过的那些书,也只是零零碎碎,很不系统,无法构成一幅完整的中国古代神话的画卷。

其中的原因说起来也很简单,拿古希腊神话来说,我们在读时,脑海中便会清晰地留下一个完整的印象,就好像在看一张全家福那样。因为，古希腊神话以宙斯为主线构成了一个清晰的谱系：宙斯为众神之王，他的兄妹、儿女构成了整个奥林匹斯山的十二位主神，再加上数百名地位稍低和次要的神，加起来便构成了一个复杂而清晰的关系网络。难怪我们很轻松地就能将他们之间的关系弄得清清楚楚。

然而，中国古代神话却完全不一样。自从盘古开天地之后，后面的记述便开始散乱起来。各种各样的神话故事，千头万绪，在这本书中有一点，在那本书中又有一点，而且，时间上还很不连贯，因此，无法构成一个清晰而完整的框架。如果一个人想要把这些神话一一读完，那么就必须一头扎进古书堆中，慢慢地搜集、寻找，难度之大无法想象。不过，现在不需要这样去做了，因为袁珂先生通过他对中国古代神话的研究，已经着手解决这一难题了。

袁先生是我国著名的神话学家，他开始研究神话时，正是西方对中国神话持偏见的高峰期。西方的学者认为，中国是一个没有神话的民族。这些偏见深深地刺痛了袁先生，于是，他立志要理清中国神话的脉络，还中国神话一个公道。就这样，他一头扎进浩如烟海的典籍中，每天废寝忘食，硬是将散落在各种古籍中的神话片段搜集整理出来，连缀成篇，并串联成线，最终构成了一个比较系统的中国古代神话的框架。

比方说，盘古开天地之后，女娲感到孤独便创造了人类；水神共工被火神祝融打败后觉得没脸活下去，便一头撞向不周山，结果，半边天塌了下来，女娲便炼石将天补好。然后逐一介绍人文始祖伏羲、钻木取火的燧人氏、尝百草的炎帝神农氏……就这样，上古时代的神奇画卷，便生动地展现在我们面前。

这本《中国古代神话选编》，就是在袁先生多年研究成果的基础上精选而成的。我静静地读着这本书，很快就被一个个神奇的故事吸引住了。

《盘古开天地》吸引了我：远古时代，天地没有分开，宇宙只是黑暗混沌的一团，像一个大鸡蛋。盘古在里面睡了一万八千年，他醒来后，用斧子劈开了天和地。因为怕天和地再合拢，他就头顶天，脚踏地，站在天地当中，每天增长一丈。到最后，盘古长得足足有九万里，觉得天地相当牢固，不会再合拢了，就躺下来休息，哪知再也没有醒来。他的身体就变成了我们今天这个丰富而美丽的世界。

《钻木取火》吸引了我：人文始祖伏羲教会人们怎样使用火之后，解决了生吃食物容易生病的问题，但是天然火很难遇到，火种也难以保存，直到"燧人氏"也就是"取火者"的聪明人出现后，这个难题才得到解决。原来，遥远的西方有个遂明国，那里终年不见太阳，分不清白天和黑夜。但是，那里有一棵名叫"遂木"的大树，鸟用嘴啄着树干时，树干就闪出火花。正是从这棵树中得到启发，那个聪明人才发明了钻木取火的办法。从此，人类进入了一个崭新的时代。

《舜的故事》吸引了我：黄帝的后裔尧是上古时代出了名的好国君，他选定舜作为接班人后，通过多次考察，最后将国君的位置禅让给了舜。其实，舜是个可怜的孩子，出生后不久，母亲就死了，他的爸爸、后妈以及后妈生的弟弟妹妹都对他很不好。他仍然孝顺父母，疼爱弟妹。后来因为孝顺又有才干，被天下人称道，成为国君尧的女婿，这样，家里的人更是恨得咬牙切齿。他们曾经三次陷害舜，在妻子的帮助下，舜都一一化险为夷。舜接替尧当了几十年的国君后，也仿效尧，将王位禅让给了治水有功的大禹。

《文王访贤》吸引了我：成汤灭掉夏朝之后，建立了商朝，传了好多代君王，到了商朝末年，出了个昏君纣王。纣王杀了九侯和鄂侯，又囚禁了西伯，也就是后来的周文王。西伯好不容易被释放出来，决心把国家治理好，但缺少一位文武双全的大贤士来辅助，于是借打猎之名到处寻访。最后，终于在渭水边访到了在那里钓鱼的姜太公，交谈之后，觉得正是自己日思夜想的大贤士，就请他坐上特别准备的马车，自己亲自驾车，一同回到京城。在姜太公的辅助下，国家治理得井井有条，国力也一天天强盛起来，最后一举灭掉了残暴的纣王。

《西门豹治邺》吸引了我：战国时期，魏国的邺地有个奇怪的风俗，就是为河伯娶妻。每年巫婆要选一个年轻的姑娘，打扮之后放在一张花床上丢到河里去。姑娘表面上是被河伯"娶"走了，其实大家都明白，是被活活淹死的。西门豹来当县令，了解到真实情况后，决心要除去这种丑恶的风俗。不久，河伯娶妻的日子到了，西门豹故意说新娘子不漂亮，改天选个漂亮点的送去，要巫婆去告诉河伯一声，派人将巫婆扔进了河里。之后，他以催问为借口，又陆续将巫婆的几个徒弟和一个乡官扔下河去。当他再要扔下别的乡官去催问时，大家都跪下磕头求饶。从此，再也没人提河伯娶妻这件事了。西门豹后来发动百姓开挖沟渠，灌溉农田，让大家过上了水旱无忧的日子。

读着这些故事，我不禁为我们的祖先开天辟地、为民造福的精神所感动，也深深地被他们的智慧所折服。正是这样一个个神奇的故事，才让炎黄子孙在了解华夏先祖的故事的同时，也传承着中华民族悠久的文化。这正是中华民族能够屹立于世界民族之林的根本所在。

也许你会问，神话真的有这样神奇的作用吗？我的答案是肯定的。要知道，我们祖先留下来的这些神话，在全世界产生的影响是相当深远的。不信，请看美国哈佛大学神学院教授大卫·查普曼是如何说的吧。

他在一场讲座中，与台下近千名学生分享、解读了中国神话故事，并不下十次用激情的语句总结中国神话故事的内核，那就是中华民族的特征。

中华民族的特征是什么呢？他说："我们的神话里，火是上帝赐予的；古希腊神话里，火是普罗米修斯偷来的；而在中国的神话里，火是他们钻木取火坚韧不拔摩擦出来的！这就是区别，他们用这样的故事告诫后代，与自然做斗争！"

接着，他又说："面对末日洪水，我们在挪亚方舟里躲避，但中国人的神话里，他们的祖先战胜了洪水。看吧，仍然是斗争，与灾难做斗争！"

他还说："每个国家都有太阳神的传说，在部落时代，太阳神有着绝对的权威，纵览所有太阳神的神话你会发现，只有中国人的神话里有敢于挑战太阳神的故事：有一个人因为太阳太热，就去追太阳，想要把太阳摘下来。在另一个故事里，他们终于把太阳射下来了。中国人的祖先用这样的故事告诉后代：可以输，但不能屈服！"

是呀！大卫·查普曼教授有一双慧眼，他从中国神话中看到了中华民族的本质特征。正因为如此,中华文明才成为世界上唯一没有中断的文明,中华民族才能够一次又一次地战胜灾难。这些,不正是值得我们为之自豪的吗?让我们携起手来,一起走进这中国古代神话的神奇画卷吧!

湖南省岳阳市朝阳小学高级教师,阅读推广人 方西河

目录

开天辟地

盘古开天地 / 005

女娲造人 / 008

共工怒触不周山 / 010

女娲补天 / 012

人文始祖伏羲 / 014

钻木取火 / 016

炎黄传说

炎帝神农 / 021

精卫填海 / 024

鸟的王国 / 026

阻隔天地的颛顼 / 027

长命彭祖 / 029

中央和四方天帝 / 032

炎黄大战 / 035

夸父追日 / 045

愚公移山 / 048

刑天舞干戚 / 050

蚕马的故事 / 051

牛郎织女 / 054

尧舜故事

后稷的功业 / 061

尧的故事 / 064

舜的故事 / 066

国君的女婿 / 068

三劫难舜 / 070

尧舜禅位 / 075

羿禹神话

十日并出 / 079

受命除害 / 082

后羿射日 / 084

西王母赐药 / 087

嫦娥奔月 / 089

后羿之死 / 092

洪水滔天 / 096

鲧窃息壤 / 098

鲧腹生禹 / 100

天帝赐息壤 / 103

力擒无支祁 / 104

三过家门而不入 / 107

夏商诸神

夏启和孟涂 / 111

孔甲养龙 / 113

夏桀暴政 / 118

伊尹的故事 / 120

成汤灭夏 / 122

纣王无道 / 127

西伯被囚 / 130

文王访贤 / 133

武王伐纣 / 136

周秦余音

不食周粟 / 145

穆王西巡 / 147

烽火戏诸侯 / 151

古蜀国君 / 155

望帝化鸟 / 157

五丁开山 / 159

李冰斗江神 / 162

西门豹治邺 / 165

请问：关于远古的开头，谁个能够传授（shòu）？

那时天地未分，能根据什么来考究？

那时是混混沌（dùn）沌，谁个能够弄清？

有什么在回旋浮动，如何可以分明？

无底的黑暗生出光明，这样为的何故？

阴阳二气，渗（shèn）合而生，它们的来历又从何处？

穹（qióng）隆的天盖共有九层，是谁动手经营？

这样一个工程，何等伟大，谁个是最初的工人？

——屈原《天问》

开天辟地

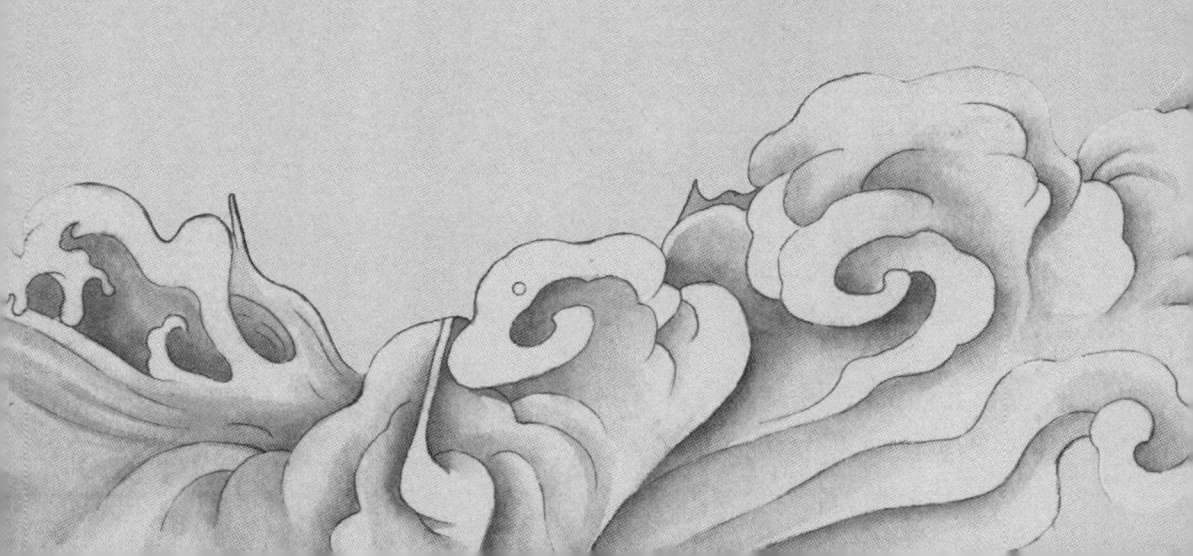

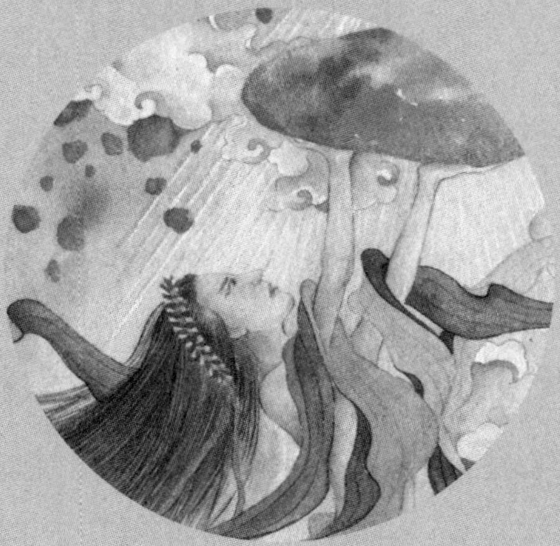

盘古开天地

远古时代，天和地还没有分开时，宇宙只是黑暗混沌的一团，像一个大鸡蛋。我们的老祖宗盘古就孕（yùn）育在这里面。

盘古在这个鸡蛋中呼呼大睡，一直睡了一万八千年。有一天，他终于睡醒了，睁开眼睛一看，啊呀！什么也看不见，眼前只是漆黑一片，黏（nián）黏糊糊的，胸口也闷得发慌。

盘古无法忍受这一切，心里一着急，不知道从哪里抓过来一把大板斧，朝着眼前的黑暗用力一挥，只听见天崩地裂似的一声：哗啦！大鸡蛋破裂开来。其中，有些轻而清的东西冉（rǎn）冉上升，变成了天，而那些重而浊的东西沉沉下降，变成了地。本来混沌不分的天地，就这样被他一板斧劈开了。

天和地分开后，盘古怕它们还会再合拢（lǒng），就头顶天，脚踏地，站在天地的当中，随着它们的变化而变化。天每天升高一丈，地每天加厚一丈，盘古的身体也每天增长一丈。就这样，又过了一万八千年，天升得非常高了，地变得非常厚了，盘古的身体也跟着长得非常高了，到最后足足有九万里。他就像一根长柱子似的，撑在天地的当中，不让它们有机会重新合拢。

盘古一站就是很多年，到最后，天和地已经相当牢固，不用担心它们会再合拢了。这时，他也觉得非常累了，就想躺下好好

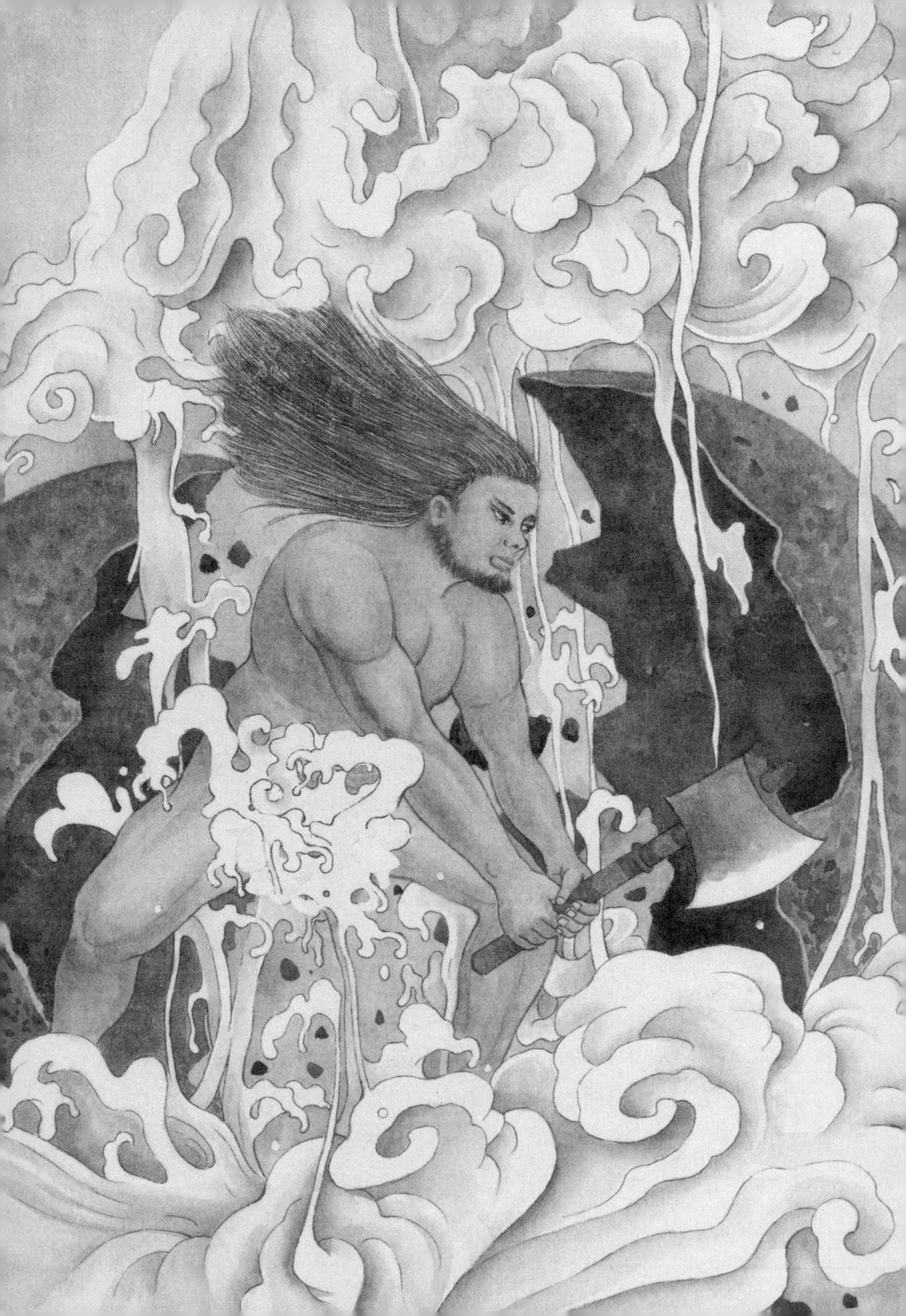

休息一会儿，哪知道一躺下就再也没有醒来。

　　临死前，盘古的嘴里呼出的气变成了风和云，声音变成了轰隆隆的雷声，他的左眼睛变成了太阳，右眼睛变成了月亮，手脚和身躯（qū）变成了大地的四极和五方的名山，血液变成了江河，筋脉变成了道路，肌肉变成了田土，头发和胡须变成了天上的星星，皮肤和汗毛变成了花草树木，而牙齿、骨头、骨髓（suǐ）等，也都变成了闪光的金属、坚硬的石头、明亮的珍珠和温润的玉石，就连身上最没用处的汗水，也变成了雨露和甘霖（lín）。

　　就这样，盘古用他的身体变成了我们今天这个丰富而美丽的世界。

女娲造人

　　自从盘古开天地之后，又过去了许多年，虽然世界上有了山川草木和鸟兽虫鱼，可总显得荒凉而寂寞。就在这时，出现了一位化育万物的神女，名叫"女娲（wā）"。传说她长着人的头、蛇的身体，而且神通广大，一天当中能变化七十次。

　　女娲行走在这片荒凉的大地上，感到很孤独，她觉得应当添一点儿什么东西进来，好让天地之间有些生机。

　　她想了想，就在一个水坑旁蹲（dūn）下来，随手挖了点黄泥，掺（chān）了些水，仿照在水里看到的自己的影子，揉（róu）成一个小娃娃模样的东西。刚一放到地上，说来也怪，这小东西就活了，他欢天喜地地叫着，蹦（bèng）跳着，女娲就给他取名叫"人"。人的身体虽然很小，但因为是神女亲手创造的，所以和天上的飞鸟、地上的走兽都不同，比它们要聪明得多，看上去就有统领世界的本事。

　　女娲感到很满意，便继续挖泥掺水，又造了男男女女许许多多的人。人们围着女娲欢呼跳跃，不久，他们就慢慢走开，分散到世界各地去了。

　　就这样，女娲不停劳动，随时都有活生生的人从她手里降落到地上，她身边总有人们的欢声笑语，再也不感到孤单了。因为，世间到处都是她亲手创造的儿女。

　　女娲不停地造人，后来，她感到很疲倦，就干脆拿了一条绳子（也有的说是顺手从山崖上扯下的一根藤条），伸入泥潭（tán）里，搅（jiǎo）着泥浆（jiāng），向地上一挥，泥点落在地上，眨眼间也变成了一些小人，这方法可省事多了。于是，女娲不停地蘸（zhàn）泥浆，挥绳子，地上不停地出现人。没用多久，大地上就到处都是人的踪（zōng）影了。

　　看到世界上到处都是人，女娲感到有些累，她想，我终于可以停下来休息会儿了。可是，人的寿（shòu）命有限，老死一批后还要接着再造一批吗？这样太辛苦也太麻烦。怎样才能让人类持续生存下去呢？女娲最后想了个办法，她把男人和女人配起对来，让他们自己去生养后代，繁衍（yǎn）人类。就这样，人类便一代代绵（mián）延至今。

共工怒触不周山

　　自从女娲创造了人类之后，又过去了许多年，人类生活得幸福安宁。

　　不料有一年，水神共（gōng）工和火神祝融（róng）不知为什么，忽然打起仗来，人们的平静生活就被打破了。

　　这场仗打得非常激烈，从天上一直打到了地上。

　　水神共工率领着手下，得意洋洋地坐在一条巨大的战船上，指挥着大江里的各种水族动物，卷起惊涛骇（hài）浪，浩浩荡荡前去攻打祝融。可火神祝融也不是吃素的，别看他平日里总是坐着两条龙驾着的云车到处游玩，一副与世无争的样子，可真要发起怒来，那是可怕至极。祝融施展神力，布下漫天的熊熊大火，从天上烧到地上，共工和他的手下被烧得焦头烂额（é），毫无还手之力，最后死的死，逃的逃，一败涂地。最终，这场水火大战，代表光明的火神祝融取得了胜利，而代表黑暗的水神共工失败了。

　　共工大败后，觉得没脸再活下去，便一头撞向西方的不周山。结果，命大没撞死。可他这一撞，自己没撞死倒是小事，却引发了一场可怕的灾难。原来，不周山本是一根撑天的柱子，被他这么一撞就折断了。结果，半边天空坍（tān）塌（tā）了下来，露出许多丑陋（lòu）的大窟（kū）窿（long），大地上也裂出一道道深沟，山林里燃起了熊熊大火，洪水也从地底喷涌出来，波浪滔天，大片田地都被淹没了，各种凶恶的野兽和怪鸟也从山林里跑出来为害百姓。

整个世界顿时变成了一座人间地狱，人们简直活不下去了。

女娲补天

女娲看见自己亲手创造出来的孩子们，正遭受着巨大的痛苦，心里难过极了。她没工夫去惩罚那个该死的共工，只想赶紧修补好残破的天地，让人们恢复安宁的生活。

补天这事真要做起来，困难很多。但慈爱的人类母亲女娲，为了她心爱的孩子们，就顾不上辛苦了，她勇敢地挑起了这副重担。

女娲先是在江河里淘洗出许多五色的石子，堆成一座高山，然后点燃熊熊大火，将石子熔炼成胶（jiāo）糊状的东西，再拿来一点点修补天上那些丑陋的大窟窿。这个工作非常辛苦，花了好多年时间，耗费了她巨大的精力。完工之后再看看，虽然补过的那些地方颜色有点儿不一样，但和原来的也差不多了。

女娲怕补好的天空再塌下来，便杀了一只巨大的乌龟，斩下它的四只脚，用来代替天柱，竖立在大地的四方，把天空像帐篷似的撑起来。这四根柱子很结实，天空再也没有塌下来的危险了。做完了这些之后，她又亲手杀掉了一条在中原作恶已久的黑龙，还赶走了各种猛兽怪鸟，使它们不再为害人类。最后，女娲收集来大量的芦草，把它们烧成灰，堆积成山，堵住了滔天的洪水。

经过多年辛苦的努力，水神共工和火神祝融大战所带来的灾难，总算被女娲一手平息了。人类也恢复了往日平静安宁的生活。

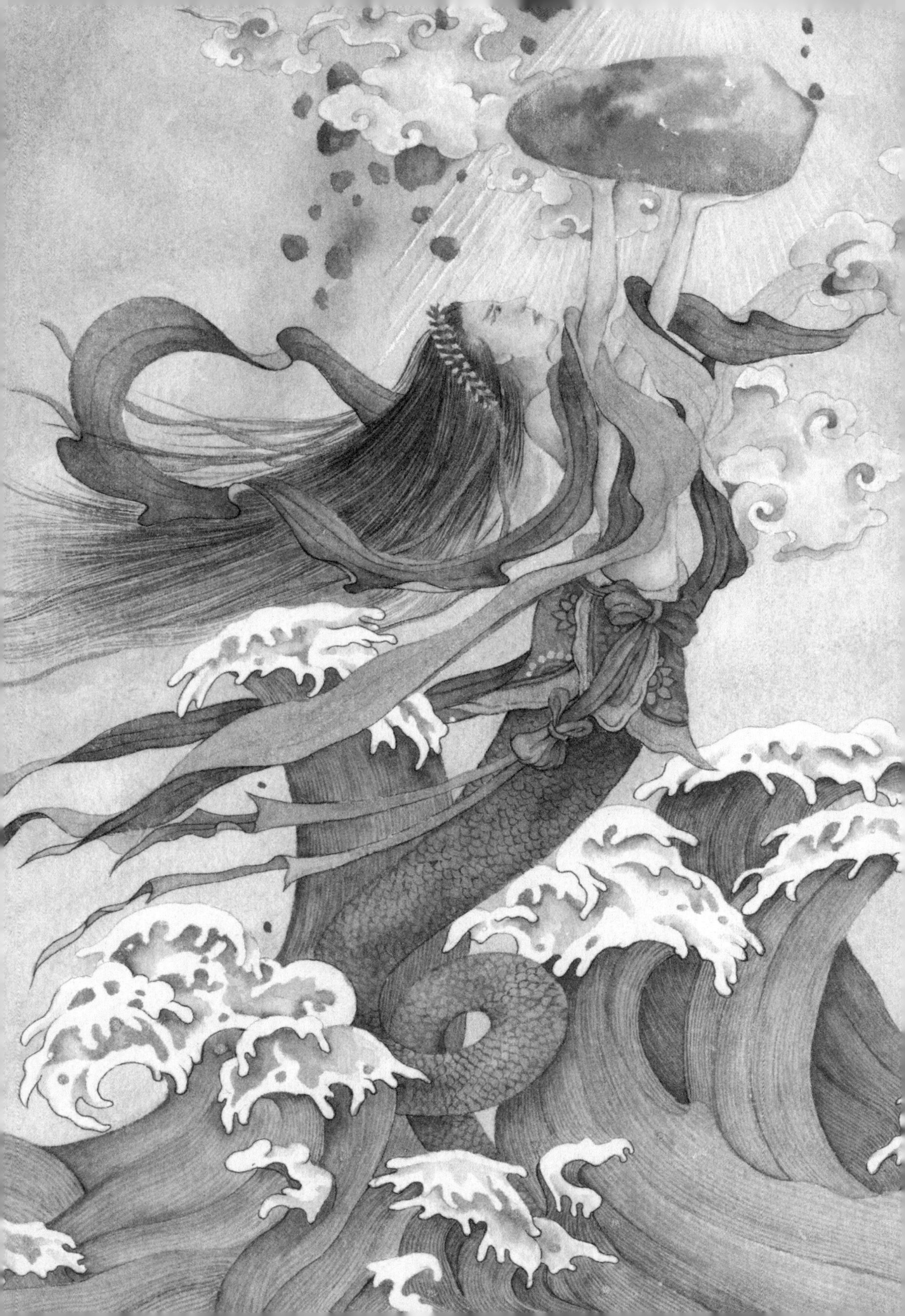

人文始祖伏羲

很久以前,在中国西北方,有一片极乐的国土,名叫"华胥（xū）氏之国"。

这个国家非常遥远,这么说吧,无论你走路也好,坐车也好,坐船也好,都是永远到达不了的。所以,人们只好在心里向往那里了。

就在这个国家,有一个没有姓名的姑娘（后来人们叫她"华胥氏"）,有一次,她到东方的一个大沼（zhǎo）泽里去游玩,这个沼泽名叫"雷泽",那里树木茂盛,风景优美。突然,她发现沼泽边有个巨大的脚印,觉得很好奇,就用脚试着去踩了踩。哪知道刚一踩上去,身上和心里就产生了一种奇怪的感觉。回家后不久,这个姑娘就怀孕了,后来生下一个儿子,取名"伏羲（xī）"。

伏羲小时候非常聪明,长大后,就做了东方的天帝。后来被世人尊奉为我们中华民族的人文始祖。

传说伏羲在做东方的天帝时,辅佐他的是木神句（gōu）芒。句芒的模样很奇怪,长着一副端正的人脸,身体却是鸟的模样,平时爱穿一件白衣服,手里拿着一个圆规,喜欢驾着两条龙出行。他和伏羲一起掌管春天和万物的生命。

伏羲做过很多对人们有意义的事情。

传说他曾经画过八卦（guà），用八卦来代表天地万物的种种情况，人们可以用它们来表示和记录生活中的各种事情。

伏羲还用绳子编织成渔网，教人们怎么打鱼。他手下的一名大臣，又仿照他的样子编织出鸟网，教人们怎么捕鸟。

而传说中伏羲最大的贡献，就是把火种带给人间，并教会人们怎样使用火。

那是一个春夏之交，正是万物生长的季节，各种植物长得非常茂盛。一天傍晚，突然下起了大雷雨，一道道闪电伴着雷声击打在树枝上，结果，有些树枝被闪电点燃，引发了熊熊的森林大火。人们被眼前这场大火吓呆了。可伏羲看到后，就告诉大家，赶紧用这些火来烤食物吃。大家就照他说的做了，结果发现，烤熟后的食物闻起来非常香，吃起来味道也非常好，而且，与直接吃生东西相比，吃熟食就很少会再生胃病或拉肚子了。从此，人们就学会了用天然的火来烤食物吃。

不过，天然火很难遇到，火种也很难保存，需要派专门的人时刻守护。那怎样才能在想要的时候，可以随时生起一堆火呢？每个人都在想这个问题，但都找不到好的办法。

钻木取火

上古时代，在遥远的西方，有一个国家叫遂（suì）明国。因为太遥远了，连太阳和月亮的光都照不到那里去，所以，这个国家终年不见太阳，分不清白天和黑夜。

在这个国家，有一棵名叫"遂木"的大树，它的枝叶盘曲起来，足足遮住了一万顷（qǐng）的地面。有一天，一个周游天下的聪明人，在走了很远很远的路后，来到了遂明国。他感觉累了，就坐在遂木下面休息。

按理说，遂明国既然终年不见光亮，在大树下面，就应该是漆黑一团、伸手不见五指才对，哪知实际上并不是这样的。这人惊奇地发现：大树下面，到处都闪烁着美丽的火光，像珍珠和宝石的闪光那样灿烂，照得四下里亮堂堂的。他觉得很好奇，就去考察火光的来源。结果看到，有一些形状像鸡的大鸟，正在用它们坚硬的嘴啄（zhuó）着树干（可能是吃虫子吧），它们每啄一下树干，就火花一闪。无数只鸟不停地啄着，树下就满是明亮的火光，星星点点。遂明国的人们，就在这火光中劳动和休息，过着自由自在的生活。

这个聪明人好像忽然明白了什么，他立即折断一根遂木的枝条，然后用枝条去钻（zuān）树干，果然也有火光发出。不过可

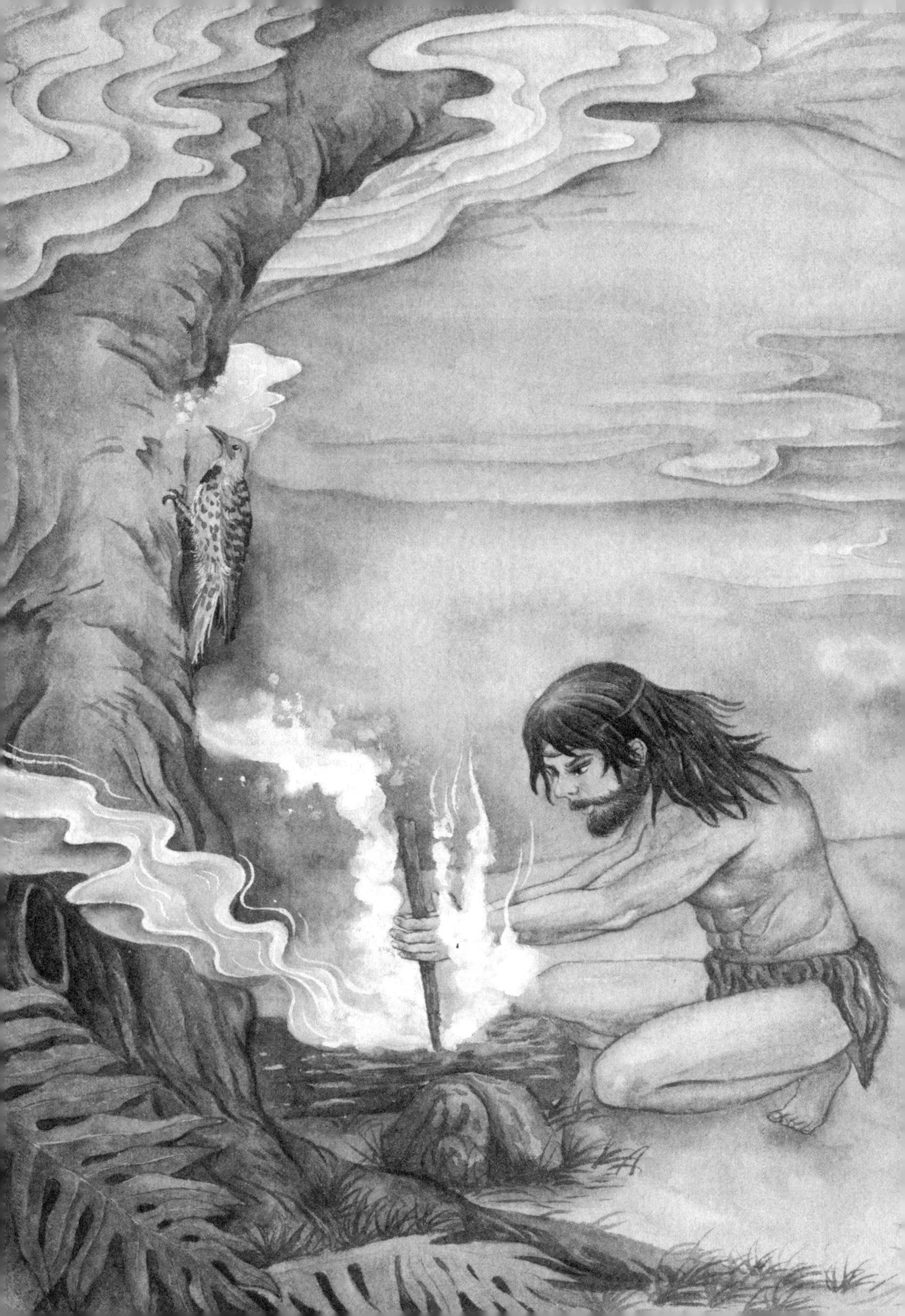

惜的是，用这种树枝钻出来的火，只是火花一闪就没了，并不能点燃什么东西。后来，他就改用别的树枝试着去钻，用力钻了好长时间，先是冒出烟来，接着再钻下去，突然出现了火焰，树枝被点燃了！

这人回到自己的国家后，就把钻木取火的方法教给人们。这样一来，人们想要火就可以自己钻出来，不必再等天然的雷火，也不必再派人轮流守着火种，生怕它们熄（xī）灭了。

人们为纪念这位发明了钻木取火方法的聪明人，就叫他"燧（suì）人氏"，意思就是"取火者"。

炎黄传说

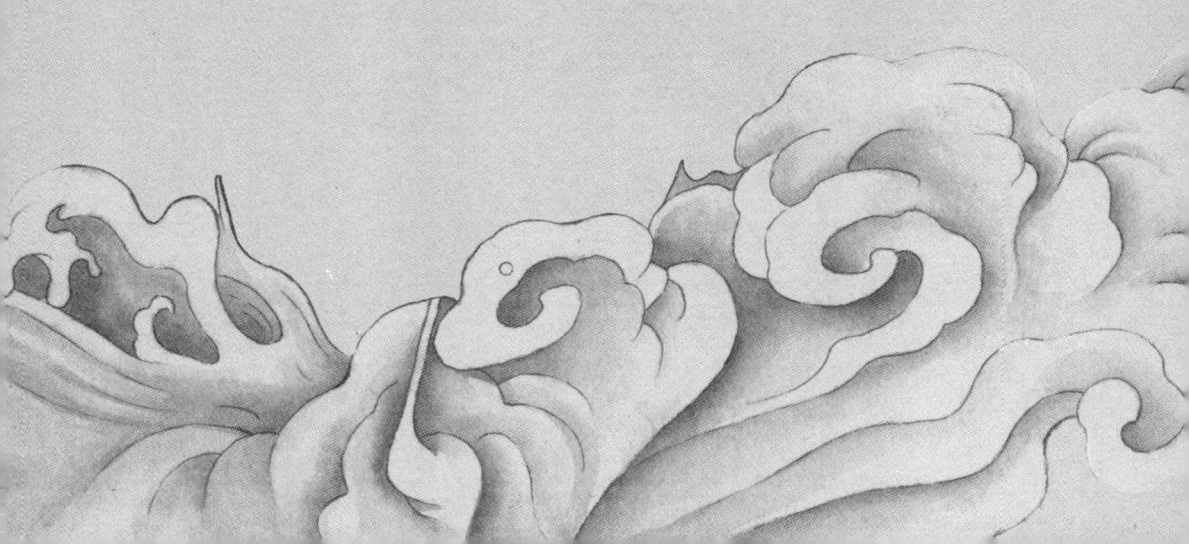

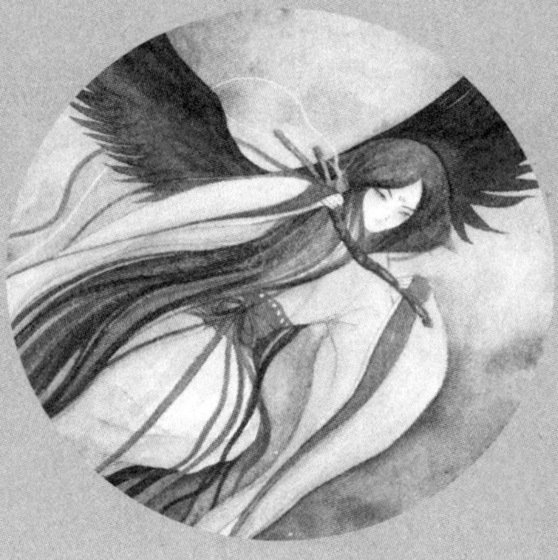

炎帝神农

女娲的时代之后,又过去了不知道多少年,天下进入了黄帝的时代。就在此时,太阳神炎帝诞(dàn)生了。

传说炎帝和黄帝本是同母异父的兄弟,各自掌管天下的一半。后来,炎帝做了南方的天帝,和火神祝融一起,掌管着南方一万二千里的地方。

炎帝刚生下来时,就发生了一件奇异的事情。在他出生地的附近,突然出现了九眼深井,而且这九眼井的水还是彼此相连的,如果从其中一眼井里打水,其他八眼井里的水都会跟着动起来。这似乎预示着他将来的人生,会与土地和农业有关。果然,炎帝长大以后,非常聪明,对老百姓很仁爱,他尤其擅(shàn)长各种农业技能,一生都喜欢从事农业方面的工作。

有一次,炎帝正在田地里忙碌(lù),忽然,从天空中落下来许多谷种,等他抬头看时,才发现是一只全身通红的鸟,嘴里衔(xián)着一株九穗(suì)的禾苗,飞过天空,穗上的谷粒落下来了。炎帝就把这些谷粒收集起来,播种在开垦(kěn)过的地里,然后给它们精心浇水施肥。不久,地里便长出了又高又大的禾稻,后来,收获了许多可以食用的稻谷。这让所有的人都对炎帝非常佩服。

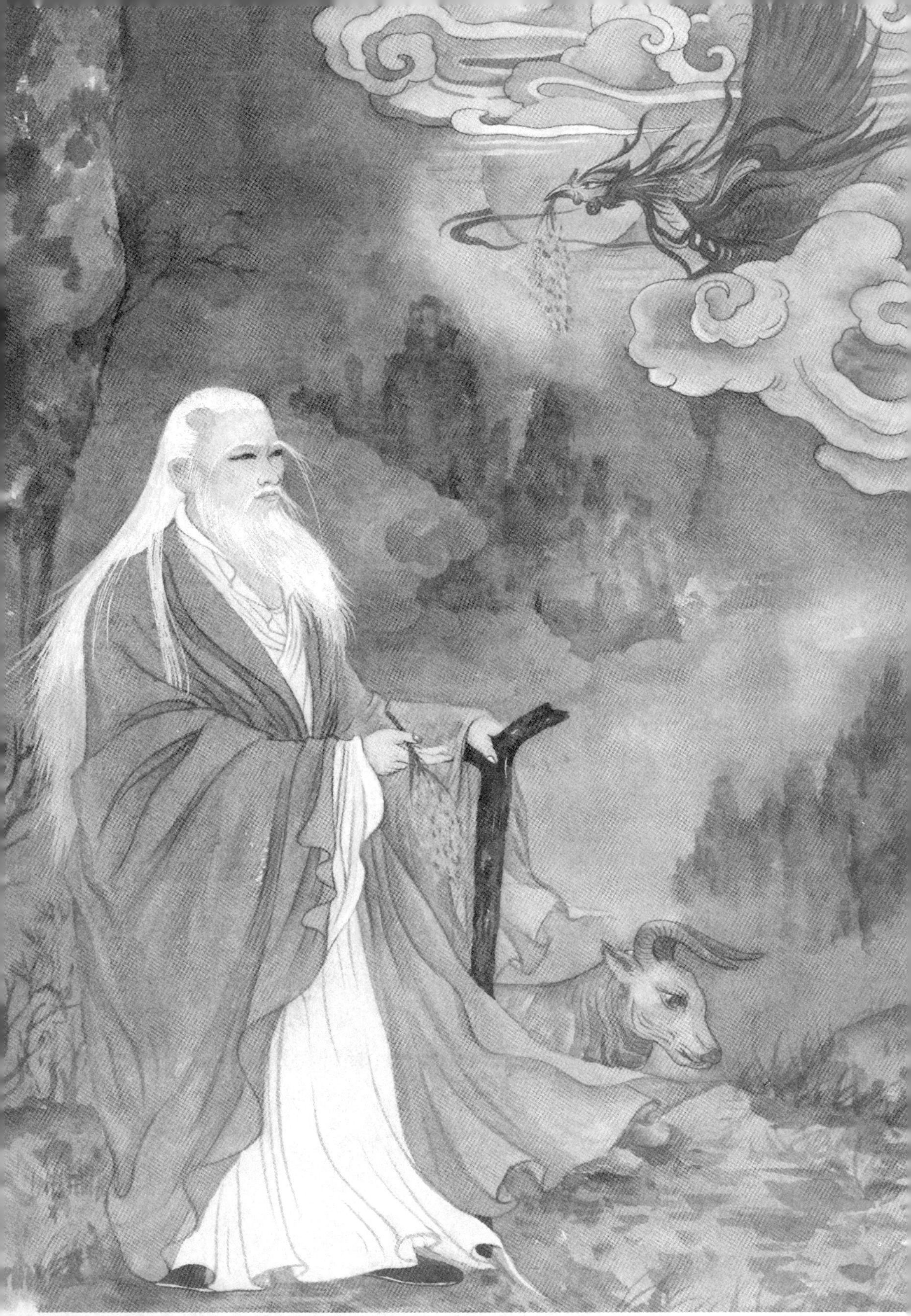

那时候，天下的人渐渐多了起来，自然界出产的食物慢慢不够吃了，炎帝便把自己的技术推广开来，教人们学着播种五谷，又请太阳发出足够的光和热来，好让五谷尽快发芽生长。在炎帝的带领下，人们辛勤劳动，互相帮助，把收获的果实均分，彼此之间就像兄弟姐妹一样亲密。

炎帝看见人们衣食虽然够了，但生活上还有很多不方便的地方，便号召大家成立集市，把彼此生产的东西拿到集市上交换。可那时没有钟表，也没有记录时间的方法，大家总不能成天不劳动，就在集市上一直待（dāi）着吧。那用什么来确定交换的时间呢？炎帝又想了个好办法，他告诉人们，每天临近中午时分，眼看太阳快要当顶时，大家就赶紧去集市上交易，等过了这段时间就散市。这样实行起来既准确又方便，人人都很喜欢。

在大家心目中，炎帝就像勤勤恳恳的老牛一样默默奉献。到了后世，人们就把他想象成牛头人身的模样，尊他为农业之神，所以又叫他"神农"。

炎帝不但是农业之神，同时还是医药之神呢！他有一件用来辨别各种药草的法宝，是一根名叫"赭（zhě）鞭（biān）"的神鞭。没事时，炎帝总拿它来鞭打各种各样的药草，经过鞭打后，这些草是有毒还是无毒，是寒性还是热性等，各种特性就都显现出来了。他再根据不同特性，将它们制成不同的药，拿来给人们治病。为了更仔细地了解这些药草的疗效，炎帝几乎把它们都尝遍了，曾在一天当中就中毒七十次。

有一天，炎帝尝到了一种开着小黄花的藤（téng）状植物，哪知道，这竟然是可怕的断肠草。结果，他身中剧毒，肠子烂断，为人们献出了自己宝贵的生命。

精卫填海

相传炎帝有很多孩子，其中有一个女儿名叫"女娃"。有一次，她到东海边去游玩，哪知遇上了狂风暴雨，结果淹死在大海里，永远回不去了。

想到自己年纪轻轻，就这样被大海吞没了，女娃悲愤交加。于是，她的灵魂便化成了一只名叫"精卫"的小鸟，这鸟的形状有一点儿像乌鸦，花头、白嘴、红脚，住在北方的发鸠（jiū）山上。每天，人们都会看到一只小小的精卫鸟，飞到遥远的西山去，嘴里衔着一粒小石子或是一段小树枝，在波涛汹涌的海面上，顶着狂风巨浪，怀着满腔的悲愤从高高的天空中投下，发誓（shì）填平大海。就这样年复一年，日复一日，从不间断。

直到今天，东海还有精卫誓水的地方。因为淹死在那里，它们便发誓永远不喝那里的水。所以，精卫鸟又叫"誓鸟"或"志鸟"，也叫"冤（yuān）禽"。因为它是炎帝的女儿所化成的，所以，也有人叫它"帝女雀"。

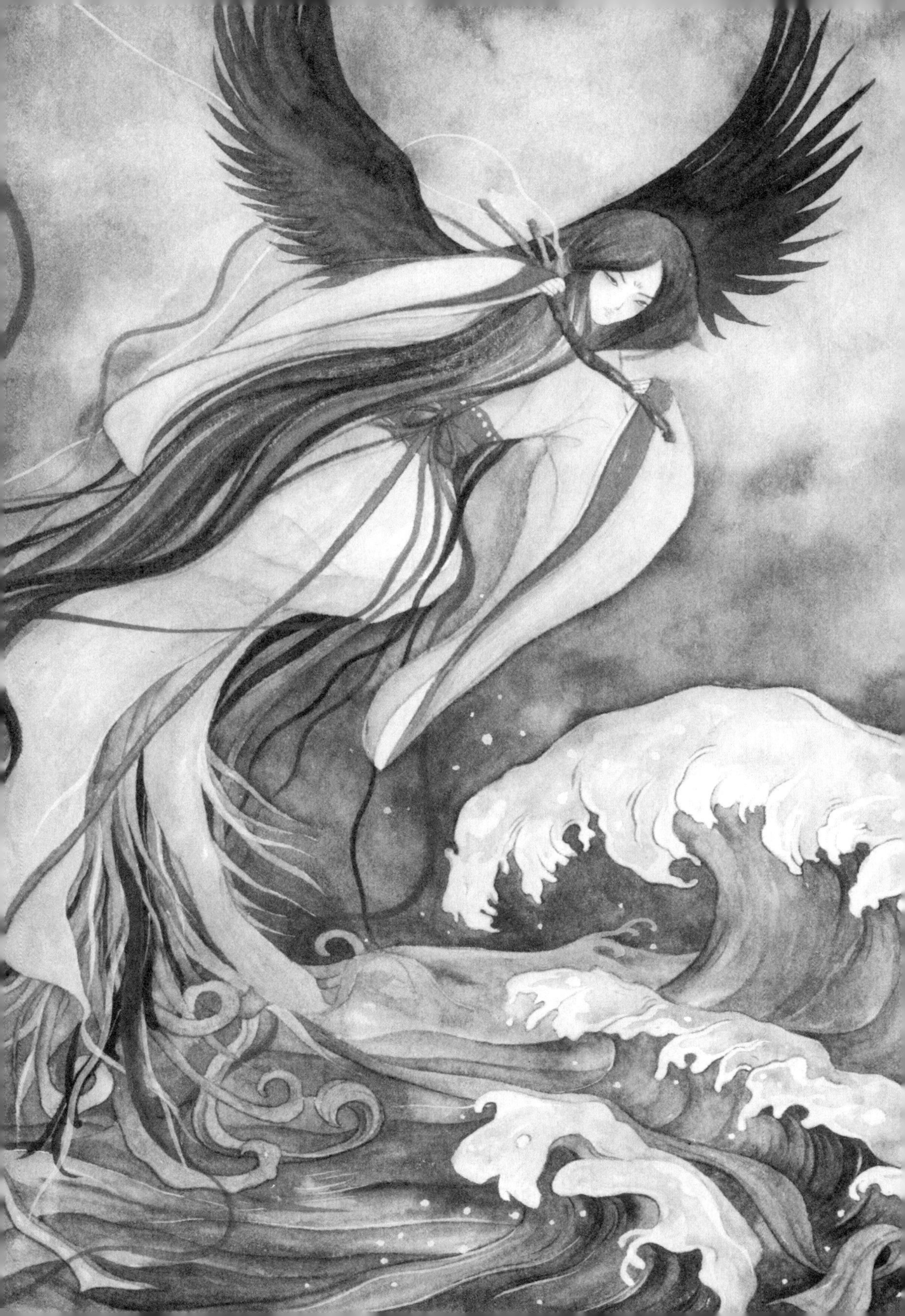

鸟的王国

在炎帝掌管南方的同时，掌管西方的是大神少昊（hào）。

传说少昊模样奇特，是一只鸷（zhì）鸟，长得像老鹰那样。所以，他便统领自己的族类，建立了一个鸟的王国。

这个国家的百官，尽是各种各样的鸟儿。在这里，凤凰做总管，而燕子、伯劳、鹦（yīng）雀和锦鸡，则分别掌管一年四季。另外有五种鸟，分别掌管国家的不同政事：鹁（bó）鸪（gū）能和妻子友好相处，也能对父母尽孝道，少昊便派它掌管教育。鹫（jiù）鸟相貌威武，性情凶猛，少昊便派它掌管军队。布谷鸟养育七个孩子，每天辛勤喂养它们，能做到绝对平均，少昊便派它掌管建筑，给大家盖房子、挖沟渠（qú），避免分配不均让大家闹意见。鹰鸟威严勇猛，铁面无私，少昊便派它掌管刑罚和法律。斑鸠一天到晚叽（jī）叽喳（zhā）喳，叫个不停，少昊便派它到朝堂上发言。还有五种野鸡，分别掌管木工、金工、陶工、皮工和染工，而九种扈（hù）鸟则分别掌管农业上的耕种和收获等事情。

在这个鸟的王国里，每逢朝堂上开会商量事情时，就热闹极了。只见五色缤（bīn）纷的鸟儿飞来飞去，七嘴八舌，叽叽喳喳。少昊作为百鸟之王，威严地坐在朝堂中央，耐心倾听各位大臣的意见，然后做出合理的裁（cái）决，那场面既滑稽（jī）又庄重。

// 阻隔天地的颛顼

颛（zhuān）顼（xū）是黄帝的曾孙，也是少昊的侄儿。

当少昊建立鸟的王国时，颛顼还是个少年，曾历经千山万水，去看望叔叔，还留在那里帮助叔叔出谋划策，管理过国家呢！等颛顼长大成人后，他就回到北方故乡，做了北方的天帝。他手下的属神，就是大名鼎鼎的海神禺（yú）强。两人共同管理着一万二千里的北方荒野。

颛顼的曾祖父黄帝，是中央的天帝，也是神国的最高统治者。看见曾孙颛顼很能干，有段时间曾把中央天帝的宝座暂时传给他，让他代掌最高神权。颛顼一登上天帝的宝座，就显出他超强的才能。

他做的第一件事，就是派大神重（就是木神句芒）和黎（就是土神后土）去把天和地之间的道路截断了。

原来，在这之前，天和地虽然是分开的，但有道路可通，这道路就是各种所谓的"天梯"。天梯本来是为神人、仙人和巫师三种人上天准备的，但下方也有许多凡人，凭借他们的智慧和勇敢，爬上天梯，直达天庭。人们一有痛苦，就跑到天上去向天神诉说。而天神一有时间，也可以随随便便到人间来玩耍，人和神的之间界限并不是很分明。

天上的大神蚩（chī）尤就是利用这个机会，偷偷溜到人间，煽（shān）动人们跟着他造反。结果，黄帝只得亲率大军到下方和蚩尤展开大战。后来，蚩尤战败被杀。

到颛顼做了天帝后，觉得这场动乱的根源就在于神和人不分界限，混居在一起，难免会有恶神跑到下界干坏事。将来万一再有第二个蚩尤溜到人间，煽动造反，那就麻烦了。于是，他便命令重和黎毁掉了所有天梯，把天和地的道路全部截断，让人上不了天，神也不允许随随便便下到人间。

从此，天上的神偶尔还能偷偷来到凡间，可地上的凡人却再也没办法上天了，人和神的距离就拉得很远了。

长命彭祖

颛顼的子孙们中，最有名的就算他的玄孙彭（péng）祖了。

据说，彭祖从尧（yáo）舜（shùn）时代一直活到周朝初年，活了八百多岁。

还是在商朝末年时，彭祖已经七百六十七岁了，可看上去并不显老。商王非常羡（xiàn）慕（mù）彭祖长寿，特地派了一名宫廷的女官前去请教，向他打听延年益寿的秘诀。彭祖说道："延年益寿的秘诀估计是有的，可是我的见识少，实在说不出什么来。就拿我本人来说吧，还没生下来，爹就死了，妈抚养我到三岁，也死了。剩下我这孤儿，后来又遭遇各种战乱，流落到了西域（yù），在那里过了一百多年。从我年轻时到现在，总共死了四十九个妻子，夭（yāo）折了五十四个儿子，我经历的人生苦难太多了，精神上也大受打击。加上我从小身体就不结实，长大后又没好好调养，你看，我这身体多干瘦啊，恐怕快不久于人世了。哪谈得上有什么延年益寿的秘诀啊！"说完，彭祖叹息了一声，就悄悄走了，从此不知所终。又过了七十多年，听说有人在流沙国的西部边境上，还看见过他，骑着一匹骆驼，在那里慢悠悠地走着呢。

那么，彭祖长寿的秘诀究竟在哪里呢？人们纷纷猜想，有的说，是因为他经常吃桂芝（灵芝的一种）；有的说，是因为他善于

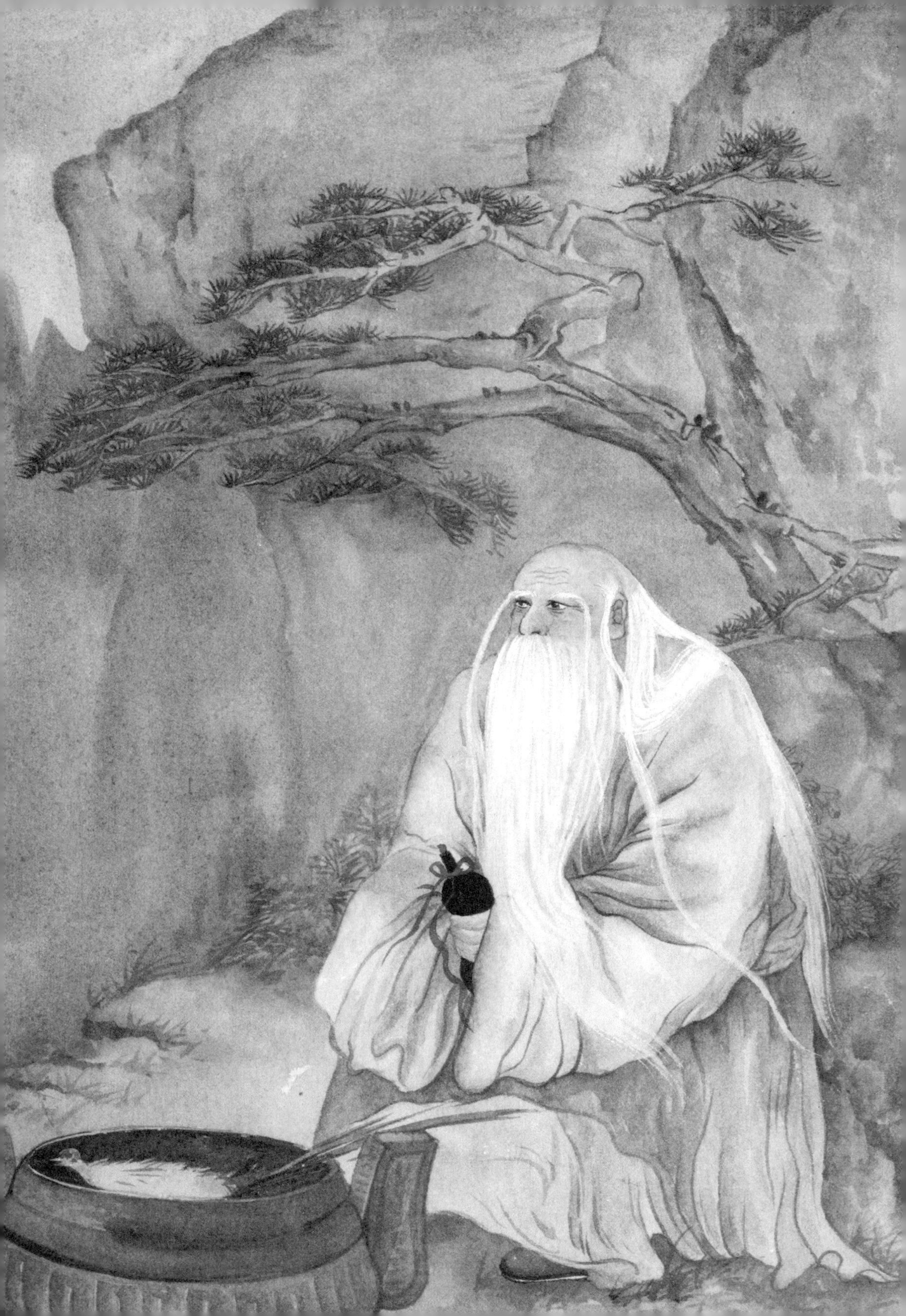

做呼吸调养。其实都不对,真正的原因是:彭祖擅长烹（pēng）调,会做一种美味的野鸡汤,还把这种汤奉献给天帝享用过,天帝觉得味道很不错,高兴之余,就赐（cì）给了他八百年寿命。

可是,心高志大的彭祖,到临死前还觉得难过呢:我还没活够啊,年纪轻轻就这么死了,可惜!

中央和四方天帝

黄帝是掌管宇宙四方的天帝，是神国的最高统治者，在他的手下，东南西北四方，分别由一位天帝掌管。

东方的天帝是伏羲，辅佐他的是木神句芒，手里拿着一个圆规，掌管春天。南方的天帝是炎帝，辅佐他的是火神祝融，手里拿着一支秤（chèng）杆，掌管夏天。西方的天帝是少昊，辅佐他的是金神蓐（rù）收，手里拿着一把曲尺，掌管秋天。北方的天帝是颛顼，辅佐他的是水神玄冥（也就是海神禺强），手里拿着一个秤锤（chuí），掌管冬天。而黄帝则坐镇天庭的中央，辅佐他的是土神后土，手里拿着一条绳子，掌管着四面八方。

黄帝的相貌很奇特，传说他长着四张脸，分别面朝东南西北四方，所以，不管什么地方发生了事情，总逃不过他的眼睛。就这样，黄帝成了宇宙四方最公平的裁判者。不管是天上还是地上，是天神还是凡人，只要发生了矛盾或争斗，黄帝都会出来主持公道。

黄帝不但统治神国，还统治鬼国，他的属神后土就是鬼国的王。为了管好那些游荡在人间的各种鬼，黄帝派了神（shēn）荼（shū）和郁（yù）垒（lǜ）两兄弟前去。这两兄弟住在东海的桃都山上，山上有一棵巨大的桃树，树荫覆（fù）盖了整整三千里的地面。树顶上站着一只金鸡，每天清晨，当第一缕（lǚ）阳光

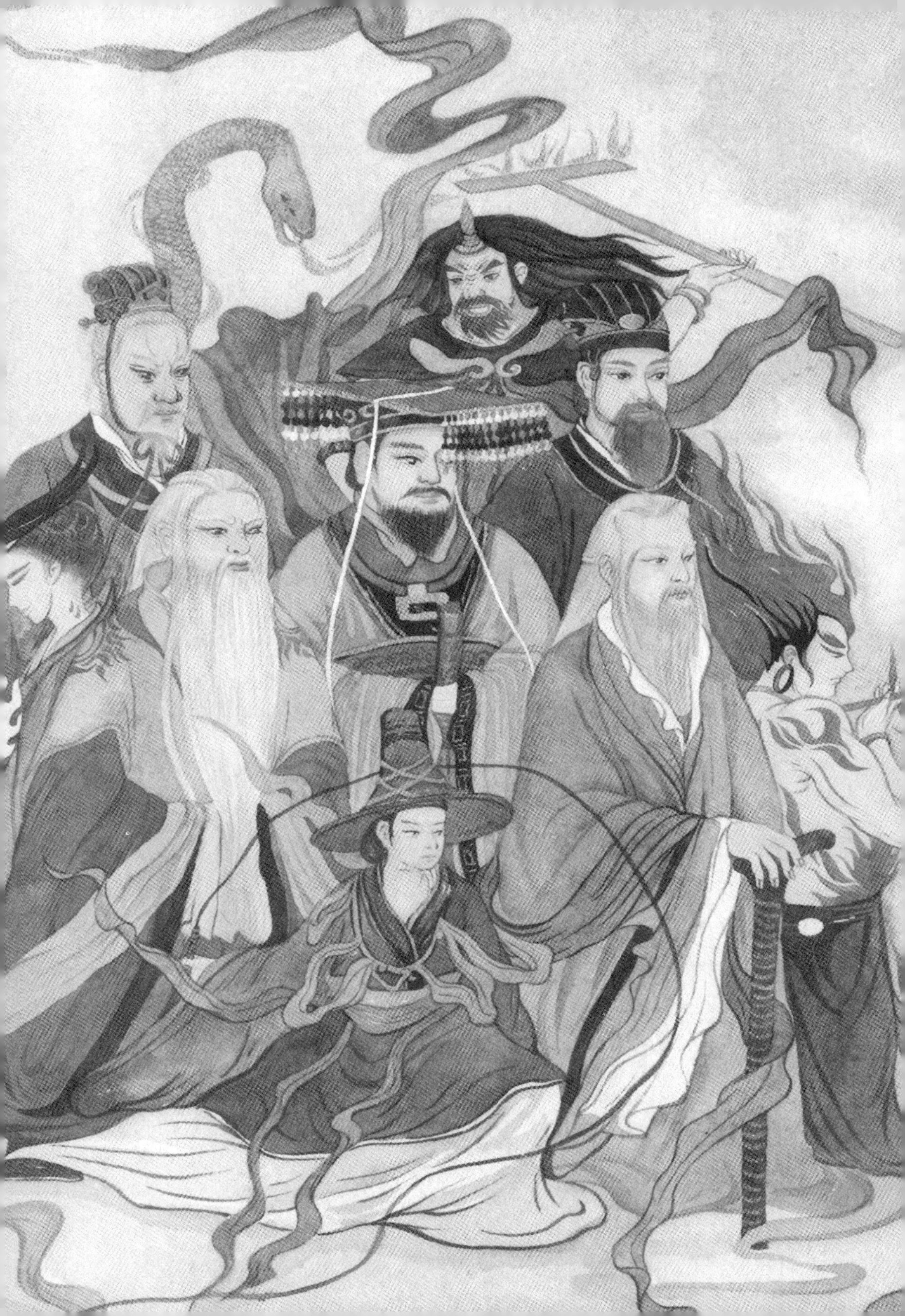

照到它身上时，它只要听到东方扶桑树上的玉鸡鸣叫了，就会跟着也鸣叫起来。那些在人间游荡的野鬼游魂，一听见金鸡的叫声，就得匆忙赶回桃都山去（传说鬼只能在晚上出现，鸡叫之前就得回家）。这时，在桃树东北的树枝间，一座高高的鬼门下，神荼和郁垒正威风凛（lǐn）凛地把守在那里，检查那些匆匆赶回来的各种鬼。若发现其中有到人间干过坏事的，他俩就毫不客气地用芦苇绳子把他绑了，扔到山上喂老虎。这样一来，那些恶鬼才稍微收敛（liǎn）一点，不敢到人间胡作非为。

后来，每年大年三十这天晚上，人们就照着神荼和郁垒的模样，用桃木雕成两个神人，手里拿着芦苇绳子，放在大门两旁，门枋（fāng）上再画一只大老虎，用来吓走邪魔鬼怪。也有人为了图简便，直接把兄弟俩的相貌画在门上，或把他们的名字写在门上，据说同样管用。就这样，兄弟俩慢慢成了民间世代相传的门神。

炎黄大战

蚩尤的传说

黄帝时代发生过一件大事，就是黄帝和蚩尤的战争。

其实，蚩尤只是一个勇猛的巨人族的总称，他们生活在南方，相传是炎帝的子孙后代。这个族的人半人半兽，远远望去，长着人的身体，头和脚却像牛，有四只眼睛六只手。走近一看，个个都是铜头铁额，头上长角，耳朵旁边的毛发像刀剑一样竖立着，凶猛异常。

这里，为了讲述方便，就暂且把蚩尤看成是一个人身牛头的巨人吧。

蚩尤不但模样奇怪，吃东西更是奇怪，比如爱吃沙子、石头、铁块等。他还善于制造各种兵器，如锋利的矛、尖利的戟（jǐ）、巨大的战斧、坚固的盾牌、轻便的弓箭等。除此之外，他更有超人的神力。因为本领大，所以蚩尤一向不愿意服从任何人，也瞧不起黄帝，总想夺取他的天帝宝座。

在向黄帝发起挑战之前，蚩尤决定先拿自己的祖父炎帝开刀，试一试身手。他率领手下的弟兄们，带上一群群魑（chī）魅（mèi）魍（wǎng）魉（liǎng），气势汹汹地对炎帝发动突然袭击。炎帝本

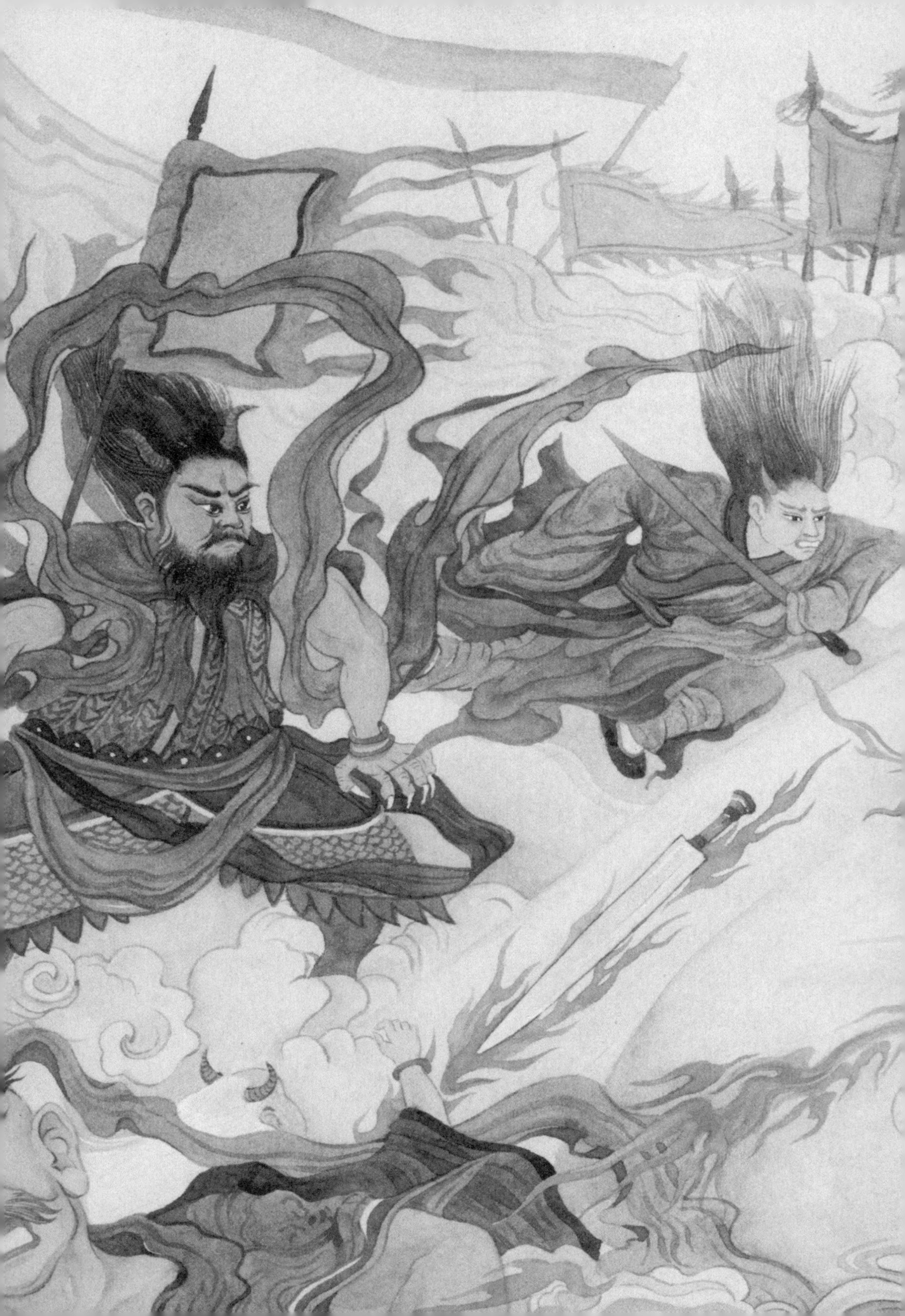

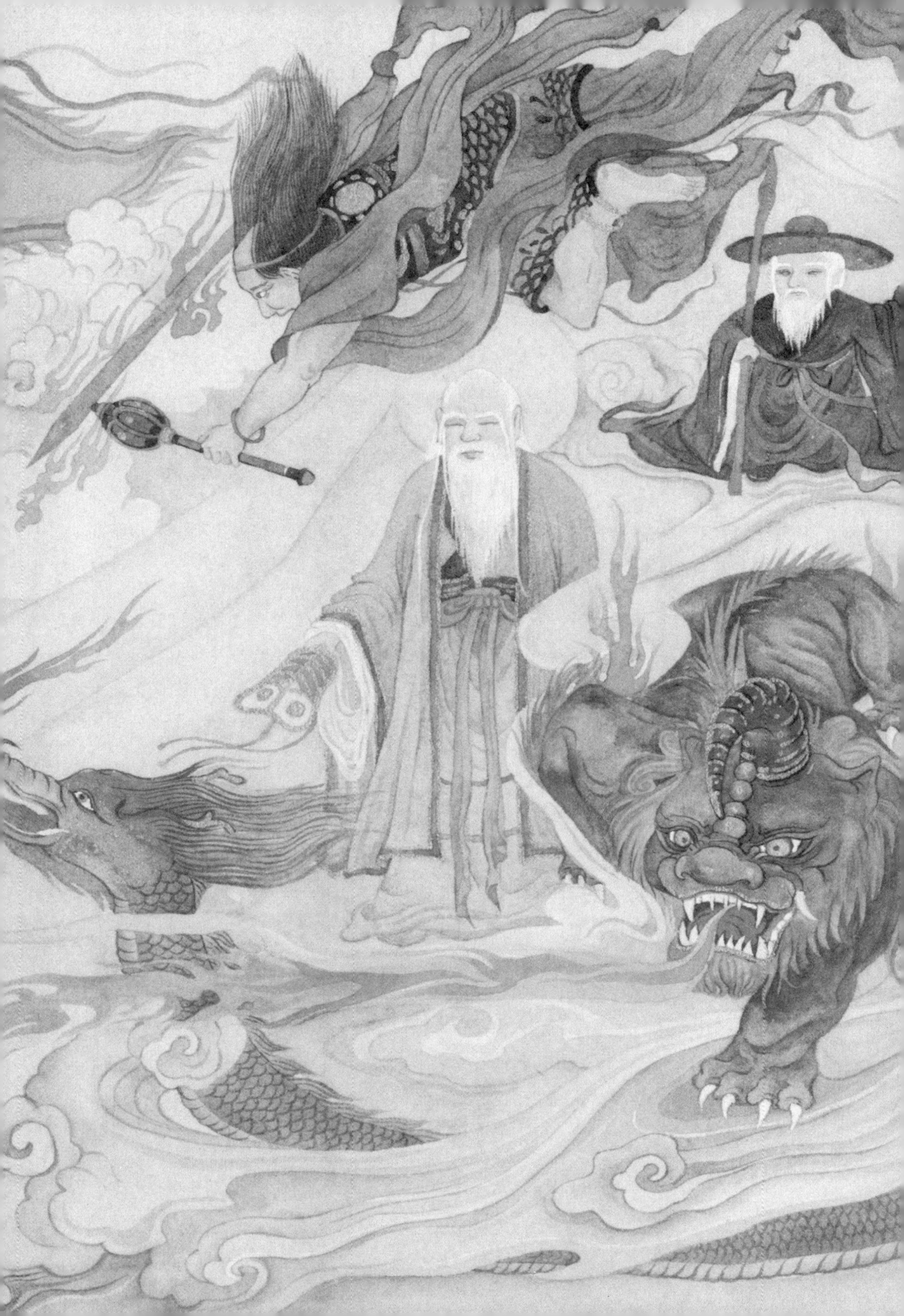

领神通广大，还有火神祝融做帮手，本来是可以抵挡一阵的，可心地善良的他，不想因为战争使老百姓遭殃（yāng），便选择了暂时避让，就从南方退到了北方的涿（zhuō）鹿（即今天河北涿鹿县）。最终，南方天帝的宝座就这样轻而易举地落到了蚩尤手里。

蚩尤本来就是炎帝的后代，在夺得炎帝的宝座后，就名正言顺地自称是"炎帝"。这个冒牌炎帝的野心很大，南方天帝的宝座并不能满足他的胃口，他最终的目标是黄帝的宝座。南方的苗民是黄帝传下来的后代，原本是一个勇敢善战的民族，蚩尤为了扩充军队，看中了这个民族。他就用种种办法逼迫苗民跟随他去和黄帝作战。最终，在蚩尤的蛊（gǔ）惑下，苗民被煽动了起来，愿意跟着他去造反。

涿鹿大战

蚩尤见时机成熟，就带领着他的大军：铜头铁额的弟兄们，勇敢善战的苗民们，还有魑魅魍魉等妖魔鬼怪们，浩浩荡荡杀向涿鹿。

避居在涿鹿的炎帝，看见蚩尤从南方追杀到北方来了，只得率领军队，和蚩尤在涿鹿打了几仗，结果，实在抵挡不住蚩尤的猛烈进攻，只得派人到黄帝那里去求救。正在昆仑行宫游玩的黄帝，听说蚩尤居然出动大军，打到涿鹿来了，大吃一惊。涿鹿可是黄帝管辖的地方，蚩尤进攻到这里来，显而易见，是有争夺天帝宝座的野心了。作为中央天帝，为天下百姓安宁着想，黄帝决定先用仁义感化蚩尤，便几次派使者前往劝说，希望蚩尤能带兵退回南方。可顽固的蚩尤根本不吃这一套，反而步步紧逼。和平的办法看来行不通，黄帝就只能用战争来对付他了。

这时，蚩尤的军队，有他七八十个铜头铁额的弟兄，有勇敢善战的苗民，还有魑魅魍魉等妖魔鬼怪；而黄帝的军队，有四方鬼神，有前来帮忙的一些民族，还有罴（pí）、熊、貔（pí）、貅（xiū）、貙（chū）、虎等各种野兽。双方正所谓棋逢对手，各不相让。由于蚩尤是冒用了"炎帝"的名号，所以，后世的传说就以为这是炎帝和黄帝之间的大战了。

战斗一开始，蚩尤的大军就表现出凶猛强悍（hàn）的一面，喊杀声震天，朝黄帝的军队猛冲过来，双方的军队在原野上展开了激战。蚩尤不知道使了一种什么魔法，突然间，战场上大雾弥（mí）漫，白茫茫的一片，把黄帝和他的军队笼罩在里面。正在大家晕头转向、分不清东西南北时，突然，浓雾中杀进来一个个铜头铁额、头上生角的蚩尤战士，见人便杀，逢人便砍，还没等黄帝的军队反应过来，转眼间他们又消失在浓雾中。就这样，在蚩尤大军一次又一次的冲杀下，黄帝的军队被杀得人仰马翻，狼狈（bèi）不堪（kān）。

"冲出去呀！冲出去呀！"黄帝挥舞着宝剑，站在战车上，焦急地大声喊道。

"冲出去呀！冲出去呀！"四方的鬼神也应和着黄帝的喊声，一齐呐喊。

老虎在吼叫，熊在咆（páo）哮（xiào），面对这片杀机四伏的大雾，谁都希望早点冲出它的包围圈。

"冲呀！冲呀！"士兵们也呐喊着。

可结果冲杀了老半天，大家转来转去，还是在这片白茫茫的大雾中。

指南神车

这片大雾，仿佛并不是雾，而是一个巨大的白布口袋，把天和地整个儿都装在里面。四方的鬼神没有办法，黄帝也没有办法了。

正当黄帝愁眉不展时，一个名叫"风后"的大臣却在战车上打起了瞌（kē）睡。黄帝见了非常生气，大声责问他："现在战事这样紧急，你居然还有闲心打瞌睡？"风后一下子睁开了眼睛，分辩道："谁说我打瞌睡啦？我正在想办法哩！"事实上，这个小老头儿的确是正在想办法。他想：那北斗星的斗柄，为什么能依着时间和季节的不同而变换所指的方向呢？能不能发明出一种东西，不管怎样东转西转，它总能指着一个固定的方向，其中一个方向确定了，其余三方也就可以确定。如果能这样，问题不就解决了吗？他就这么想呀想呀，忽然，想出了一个好办法。

于是，风后运用自己鬼斧神工的本领，很快替黄帝造出了一辆"指南车"。这个车子的前面，有一个伸着手臂的小仙人，不管车子怎么转动，他的手臂都永远指向南方。靠着这辆车子的指引，黄帝统率着他的军队，冲出了大雾的重围。

可一个困难刚解决，另一个困难又来了。

在蚩尤的军队里，有很多魑魅魍魉等妖魔鬼怪，这些妖魔鬼怪都能发出恐怖的怪叫声，让人听了心神迷乱，昏昏欲睡，渐渐就失去知觉，向着怪声发出的方向走去，结果就成了妖魔鬼怪的牺牲品。

后来，黄帝不知道从哪里得知：这些妖魔鬼怪虽然能发出怪声来迷惑（huò）人，但它们却最怕一种声音，就是龙的声音。于是，黄帝就叫士兵们用牛羊角做成军号，吹出低沉的龙吟声，这种声音"呜呜呜"地响彻在战场上空，蚩尤率领的妖魔鬼怪们听到后，一个个都吓得浑身发抖，再也不能兴妖作怪了。黄帝的军队就趁机冲上去，打了一个小小的胜仗。

应龙与天女助战

黄帝手下有一条神龙,名叫"应龙",它身上长着翅膀,能够呼风唤雨。

黄帝心想:蚩尤能兴起大雾,我的应龙却能下大雨,难道还比不过大雾吗?而且,只要应龙一来,发出龙吟声,那些魑魅魍魉就不敢施展妖术了。于是,黄帝就派人叫应龙前来助战。

应龙一来,马上就摆开阵势攻打蚩尤,它展开翅膀,一下子就飞到半空中,摆起行云布雨的架势。哪知还没等它摆好,蚩尤就命令风伯和雨师先下手为强,唤来一场猛烈无比的暴风雨,应龙那点本事,跟风伯和雨师的相比,简直是小巫见大巫,没法施展。狂风和暴雨向黄帝的阵地上倾泻下来,吹打得黄帝的军队站不住脚,只好四散溃(kuì)逃。

站在山顶上观战的黄帝,发现应龙原来这么不顶事,大失所望,便命令自己的女儿前去助战。

黄帝的这个女儿,也是一个大神,名叫"魃(bá)",人们叫她"旱魃",平时住在系昆山的共工之台上。据说她长得并不好看,还是个秃头,但她的体内却装满了可怕的炎热,那热度要远超过现在工厂里的炼钢炉。她一到战场上,奇迹就发生了:刹(chà)那间,狂风暴雨被酷热晒得无影无踪,天空中烈日当头,比下雨之前要热得多。蚩尤的士兵见了这景象,一个个吓得目瞪口呆。应龙趁机冲杀过去,消灭了不少蚩尤的士兵。

奇异的军鼓

旱魃和应龙的助战,让蚩尤的军队死伤不少。不过,蚩尤手下还有大批士兵,他自己也安然无恙(yàng),军队仍旧声势浩大。

看着眼前的一切，黄帝非常焦急，战争如果长久地拖下去，自己军队的士气又会渐渐低落，后果将不堪设想。有什么办法可以鼓舞军队的士气呢？他绞尽脑汁地想。终于，想出了一个好办法：如果制造一面巨大的军鼓，敲击起来，就可以振作大家的士气，最终战胜敌人。

那用什么材料来制造这面大鼓呢？黄帝和他的手下通过多方打探后得知，在东海的流波山上，有一只名叫"夔（kuí）"的野兽，形状像牛却没有角，苍灰色的身体，只有一只脚，能够自由地进出海水之中。每当它进出的时候，必定会伴随着雷雨大风，它的眼睛也会放射出像日月般明亮的光，它的吼叫声就像平地一声巨雷。于是，黄帝便派人前去将它捉来，剥下它的皮，将皮晾干后制成一面大鼓。

军鼓有了，可还差一个鼓槌（chuí）。黄帝就想到了雷泽中的雷神。这雷神又叫"雷兽"，是一个著名的天神，长着龙身人头，时常无忧无虑地拍打着自己的肚子在雷泽中玩耍，每拍一下肚子，就放出一个响雷。黄帝为了战胜敌人，派人去逮捕了他，不由分说就将他杀了，从他身体里抽出一根最大的骨头，当作鼓槌。

军鼓有了，鼓槌也有了。黄帝就拿雷神骨头做成的鼓槌，来敲打夔牛皮制成的军鼓，两件响东西碰在了一起，发出的声音惊天动地，五百里以外都能听见。

黄帝命人将这面军鼓抬到阵前，一连擂（léi）了九通，果然山鸣谷应，天地变色，黄帝这边的军威大振，蚩尤那边的士兵却吓得魂飞魄（pò）散，动弹不得。黄帝的军队就在震耳欲聋（lóng）的鼓声中冲杀过去，打了一个大大的胜仗。

这一仗蚩尤败得很惨，清点剩下来的人马，已经不到一半了。那接下来怎么办呢？有人提议去请北方的巨人族夸父（fǔ）帮忙，大多数人表示赞同，于是，蚩尤马上派人前去北方请夸父来助战。

玄女授兵法

蚩尤的使者前往拜见了夸父族的人，有些夸父族人表示对打仗没兴趣，可有些人却觉得这正是替弱者打抱不平的好机会，于是，这部分人就决定给蚩尤助战。

蚩尤得了夸父的帮助，精神一下子又振作起来，像火堆里添了柴，老虎长了翅膀。结果，又和黄帝的军队打成了势均力敌，不相上下。

黄帝对于夸父族人加入战斗感到很苦恼，但一时又想不出什么好办法。就在这时，天上一个长着人头鸟身的仙女，名叫"玄女"的，前来拜见黄帝，并向黄帝传授了一部兵法。黄帝得了玄女的传授，从此行军布阵，变幻莫测。不久，黄帝又得到了出产于昆吾山的一块火一样的红铜，用它打造了一把宝剑，这把宝剑铸成后，就变成青色，寒光四射，水晶一般透明，拿它来切玉就像切泥土一样。黄帝得到了兵法，又得到了宝剑，顿时又军威大振。

蚩尤和夸父虽然勇猛，但他们打仗只会凭着一股子蛮（mán）力，终究抵挡不了黄帝的谋略，所以，最终慢慢落了下风。在最后一场战斗中，蚩尤和夸父的残兵败将，落入黄帝军队的重重包围中。这时，在战场上，应龙也大显神威，它翱（áo）翔在高空中，嘎（gā）嘎地怪叫着，杀死了一个又一个跑不动的蚩尤族和夸父族的士兵。黄帝的军队一拥而上，将那铜头铁额的蚩尤首领活捉了。

擒杀蚩尤

蚩尤首领被活捉后，黄帝当众宣布了他的罪行，就在涿鹿战场上把他杀掉了。因为怕他逃跑，直到将他杀死后，才从他身上摘下染血的枷（jiā）栲（kǎo），扔到大荒之中。哪知道，这枷栲一落地，就化成了一片枫林，那里的每一片树叶都是鲜红鲜红的，像染了鲜血一样，直到今天都好像还在诉说蚩尤的冤恨。

还有一种说法，说蚩尤打了败仗后，且战且退，一直退到冀州的中部，才被黄帝捉住砍了头，身首异处，所以，那个地方就叫"解"（即分开的意思），就在今天山西的解县。那里有一个盐池，叫解池，方圆有一百二十里，池里的盐水都是红色的，传说那就是蚩尤被杀后流下的血。

夸父追日

就在炎黄大战的时代，在北方大荒中，有一座高耸（sǒng）入云的大山，名叫"成都载（zài）天"，巨人夸父族世代就居住在这山上。

夸父族本是大神后土的子孙后代，他们外貌奇特，平时耳朵上总挂着两条黄蛇，手里也握着两条黄蛇。夸父族人虽然身材高大，力大无穷，可是性情温和善良，还喜欢帮助弱小，要不然也不会接受蚩尤的邀请前去助战。就在这个巨人族中，出了一名让后世人佩服的勇士。

有一天，一个勇敢的夸父族人，抬头看到天上那轮火红的太阳，心里突然冒出一个大胆的想法：追赶太阳，和它来一场赛跑。想到这里，他便抬起长腿，迈开大步，风驰电掣（chè）一般，在辽阔的原野上向着西斜的太阳追去，眨眼之间，就跑了上千里。他就这样一路不停地追赶着太阳，一直追到崦（yān）嵫（zī）山的禺谷，那里是太阳落山的地方。这时，一团巨大的火球就在眼前，仿佛伸手就能摸到，太阳的光辉洒在夸父的身上，他兴奋无比地伸开巨大的臂膀，想要把这团光明紧紧抱住。就在此时，他才发觉自己奔跑了一整天，再加上太阳的炙（zhì）烤，全身疲倦极了，也口渴极了。

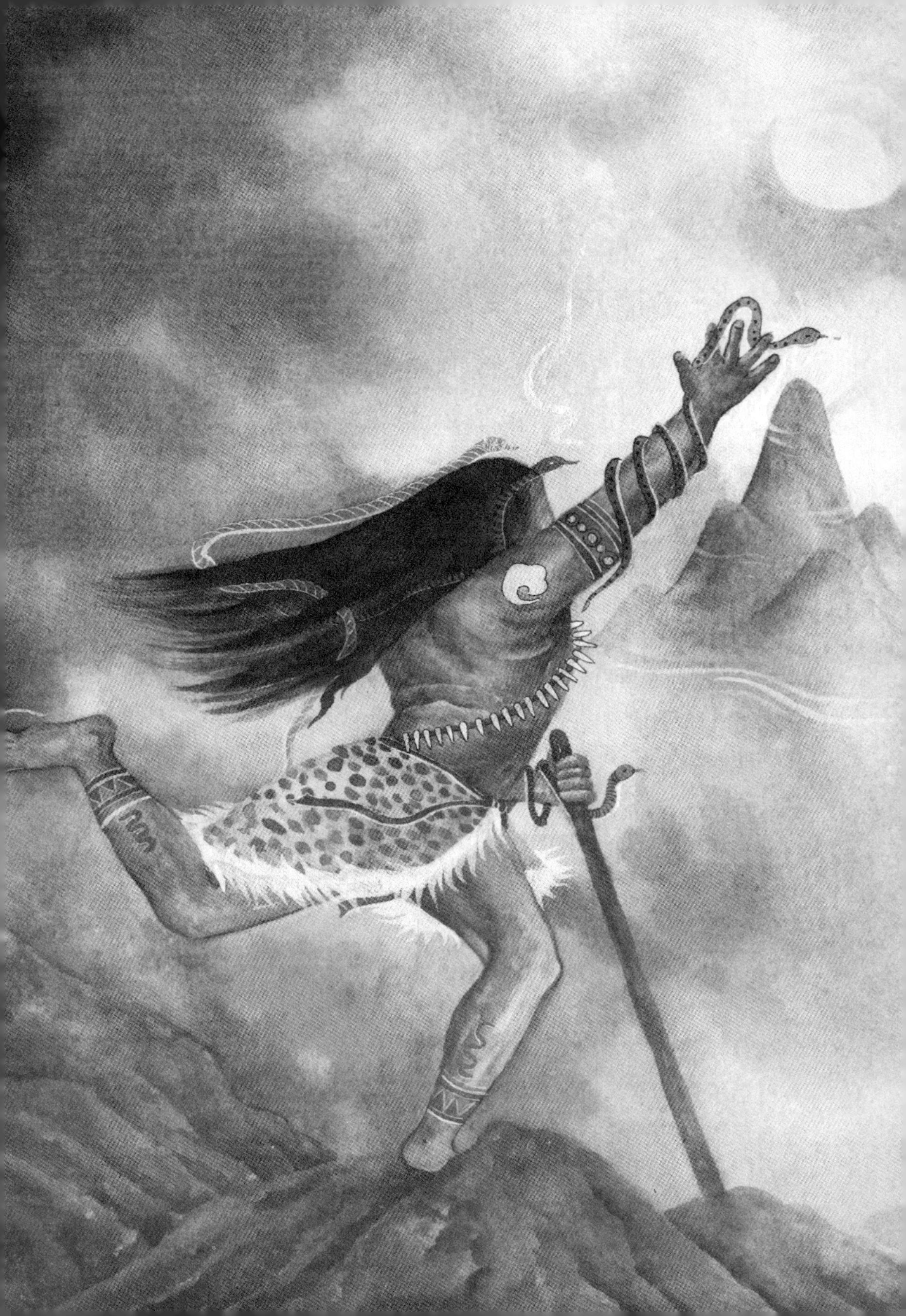

于是，夸父伏下身来，去喝黄河和渭（wèi）水里的水。霎（shà）时间，两条河都给他喝干了，口依然还是很渴。他又向北方跑去，想去喝大泽里的水。那个大泽名叫"瀚（hàn）海"，在雁门山的北边，纵横千里，非常宽广，那里的水应该足够他喝了。可是，还没等夸父跑到那里，就在中途渴死了。他的身体像座山一样倒下，震得大地和山河都发出轰响。

临死前，夸父抛出了手里的拐杖，那拐杖落到地上，忽然就化成了一片茂密的桃林，枝头挂满了累累果实，可以给将来追寻光明的人们充饥解渴，让他们能趁着白天继续赶路。而夸父死后的身体，就在他倒下的地方，化成了一座夸父山。

愚公移山

在黄帝战胜蚩尤后,蚩尤族被消灭干净,上古时代的巨人族中,只有夸父族还幸存了一段时间,后来还建立过一个博(bó)父国。愚(yú)公移山的故事就发生在这里。

相传在当时的北山,有一个名叫"愚公"的老头,年纪将近九十岁了。他家面对着太行、王屋两座大山,进出很不方便。于是,愚公就召集家人开会商议道:"门前这两座山真可恶,挡住了我们进出的道路,我们把它们搬到别处去,好不好?"儿孙们都说:"好,好,好!"可是,愚公的妻子听说一家人要搬山,很是怀疑,便向愚公说道:"算了吧,老头子,你这把年纪,恐怕连一个小土堆都挖不平了,还想去搬走两座大山呢!就算你能行吧,那挖出来的泥土石块又朝哪里放呢?"儿孙们都说:"担到渤(bó)海边上一倒,不就完事了?"大家既然都赞成,搬山的事就决定了,一家人说干就干。

于是,全家老少挖土的挖土,装泥的装泥,然后把泥土和石块装起来,运到渤海边倒掉。邻居京城氏的寡妇有一个小孩,刚到换牙的年龄,看见大家干得这么起劲,也蹦蹦跳跳前来帮忙。这些搬运泥土到渤海去倒掉的人,一走就是大半年,一年的时间才够往返一次。

河曲有一个据说很聪明的老头，看见他们这么辛苦，笑着去劝阻愚公说："老哥，歇（xiē）歇吧，像你这样风烛残年的人，能把这两座大山怎么样啊？"愚公回答他说："请你不要再多说了，我看你的见识，连那个寡妇和小孩都不如。你不知道，就算我死了，还有儿子，儿子死了有孙子，孙子又会生儿子，我们世世代代干下去，还怕这山挖不平？"这个聪明的老头被他说得哑口无言，竟找不到话来反驳（bó）。

不料，这话被一个手里握蛇的山神听见了，怕他们家真的一代代人干下去，这两座大山就吃不消了，赶紧跑去报告天帝。天帝感念愚公的坚诚，就派夸娥氏的两个儿子去把两座大山背在背上，一座搬到了朔（shuò）东，一座搬去了雍（yōng）南，愚公家门前自此就没有了大山阻隔。两座山原本是挨在一起的，从此就天各一方了。

刑天舞干戚

蚩尤死后，又跳出一个大神和黄帝争夺天帝的宝座，这个大神就是刑天。

刑天是一个巨人，本来没有名字，他自信满满地向黄帝发起了挑战，哪知根本不是黄帝的对手，没多久就战败了，还被黄帝砍了头，这才被人们叫作"刑天"。"刑天"就是"砍头"的意思。

刑天被砍头后，黄帝将他的头埋在常羊山上。可没有了头的刑天，不甘心接受失败的命运，他愤怒地用自己的两乳来当作眼睛，用肚脐（qí）来当作嘴巴，仍旧左手拿一面盾牌，右手抓着一把板斧，在那里挥舞个不停，继续跟黄帝战斗。

他这种不怕失败，绝不服输的勇气，让后世的人都非常敬佩。后来，诗人陶渊明还写诗赞扬他："刑天舞干戚（qī），猛志固常在。"（干就是盾牌，戚就是斧头的意思）

蚕马的故事

上古时代，在遥远的北方，有一个名叫"欧丝之野"的荒野，那里并排生长着三棵高有百丈的桑树。每天，都有一个身披马皮的姑娘，半跪在大树上，不分昼夜地辛勤吐丝。这个姑娘就是蚕神，这三棵桑树就是她的家。

其实，蚕神本是一个容貌美丽的姑娘，只可惜身上多了一张马皮，而这马皮粘在她的身上，就像生了根一般，和她的身体连成一片，完全没办法揭下来。每次，她只要把马皮两边的边沿拉拢一点，包裹（guǒ）住自己的身体，那么，就立刻变成了一条巨大的蚕，长着马一样的头，从嘴里不停吐出细长闪光的蚕丝来。

这么美丽的蚕神，身上为什么会披着丑陋（lòu）的马皮呢？原来，有这么一段故事：

古时候，有一个男子出门做工，在外面很久都没有回家。他家里只剩下一个小女孩和一匹公马，这匹马就由小女孩负责喂养。小女孩在家里很孤单，常常想念父亲。

有一天，她开玩笑地向那匹马说道："马啊，你如果能去把我的父亲接回来，我一定嫁给你做妻子。"马听了这话，就跳跃起来，扯断了缰（jiāng）绳，从马房里跑出去了，跑了几天几夜，来到小女孩父亲做工的地方。父亲发现自家的马从千里外的老家跑来，既高兴又惊讶。那马也奇怪，朝着老家的方向，伸长了脖子不停悲鸣。父亲心里暗想：这马远远地从老家跑来，做出这种奇怪的动作，莫非家里出了什么事？于是一刻也不敢停留，便抓住马的鬣（liè）毛，翻身骑了上去，就往家里赶。

回到家，发现家里并没有发生什么事，小女孩告诉父亲，自己很想念他，所以对马说了，哪知道马通人性，居然跑去把父亲接回来了。父亲也没说什么，便在家里住了下来。他见马这么聪明和通人性，心里很高兴，待它比往常更好了，总是拿好饲料喂养它。可是，马看着这些饲料却不肯吃，而每当见了小女孩从院子进进出出，却神情异常，又叫又跳，不止一次这样。

父亲觉得很奇怪，便悄悄问女儿："你说说，那马一见了你为什么又叫又跳啊？"女儿只得老老实实把那次和马开玩笑的话告诉了父亲。父亲一听就生气了，训斥女儿道："唉，你怎么能这样呢，这事要说出去，多丢人啊，最近几天不许你出院子门！"

父亲虽然爱马，可怎么能答应让马做自己的女婿（xu）呢？为了免得那马作怪，他就用弓箭将马射死在马房里，然后剥下它的皮，晾（liàng）晒在院子里。

有一天，父亲有事出门去了。小女孩和邻家的姑娘们在院子里玩耍，马皮就晾晒在一旁。小女孩一见那马皮，心里就生气，就用脚去踢它，边踢边骂："你这个畜（chù）牲，还想讨人家做你的老婆哩！现在给剥皮了吧，活该！看你还……"

话还没有说完，那马皮突然从地上跳起来，包裹着小姑娘就朝院子外飞去，风一般地旋转着，顷刻间就消失在远方。小伙伴们见了，吓得手忙脚乱，谁也不敢上前去救她，只得等她父亲回来了，才告诉他这件可怕的怪事。

父亲听了小伙伴们的讲述，非常吃惊，便到附近各地去寻找了一遍，全无踪影。几天后，才在一棵大树的枝叶间，发现了他那全身包裹着马皮的女儿，已经变成了一条蠕（rú）动的大虫子，慢慢摇摆着她那马一样的头，从嘴里吐出一条长长的白色细丝，缠（chán）绕（rào）在树枝的四周。好奇的人们纷纷跑来观看，大家就把这吐丝的奇怪虫子叫"蚕"，说她吐出丝来缠绕住自己。又把这树叫作"桑"，说有人在这树上丧失了年轻的生命。这就是今天蚕的来源。

从此，这个小姑娘就成了蚕神，那马皮就一直披在她的身上，和她成了永不分离的亲密伴侣。

后来，传说在黄帝打败蚩尤后，大家正在欢庆时，蚕神突然从天空中缓缓飘下来，手里捧了两束蚕丝，一束颜色黄得像金子，另一束颜色白得像银子，前来献给黄帝。

黄帝大大称赞了蚕神一番，便叫人把献上来的蚕丝织成绢（juān）布。这绢布又轻又软，就像天上的云朵，又像小溪中的流水，比那些用麻织成的布要好多了。

看到蚕丝有这么大的用处，黄帝的妻子嫘（léi）祖，就学着养蚕宝宝，让它们也像蚕神那样吐出好看的丝，再织成许多轻软的绢布。不久，天下的老百姓纷纷仿效，养蚕吐丝，然后织布。慢慢地，这个习俗就传遍了所有地方。

牛郎织女

　　从黄帝的妻子嫘祖带领人们养蚕开始，采桑、养蚕、织布，慢慢就成了中国古代妇女专门从事的劳动，这期间产生了许多动人的传说，比如牛郎和织女的故事。

　　相传织女是天帝的孙女（也有人说是王母娘娘的外孙女），住在银河的东边。她每天用一种神奇的丝在织布机上织出美丽的云彩，这些云彩是天空的衣裳（shang），能随着时间和季节的不同而改变颜色，叫作"天衣"。和织女一起工作的还有另外六位仙女，她们也都是织布能手。

　　银河的对岸就是人间，在那里住着一个放牛娃，大家都叫他"牛郎"。牛郎的父母早死了，哥哥和嫂（sǎo）子平时对他很不好，总是吩咐他干各种重活累活，可给他吃得很差，穿得也破破烂烂，晚上就让他睡在牛棚里。

　　有一天，哥哥和嫂子把牛郎叫到面前，说："小弟，父母去世得早，现在你也长大了，咱们分家吧。"说完，只给了他一条老牛，就赶他走。

　　牛郎只得牵着老牛含泪离开了家。后来，在老牛的帮助下，他开荒除草，耕田种地，经过几年的辛苦劳动，终于盖了一间小小的茅草棚，有了落脚的地方，勉强可以维持生活。可是，家里除了那条不会说话的老牛外，只有他一个人，日子过得冷冷清清的。

有一天，牛郎正在给老牛加草，老牛忽然开口说话了。它对牛郎说："牛郎，过几天，有一群仙女会来银河洗澡，趁她们洗澡时，你就取走其中一个仙女的衣裳，她就会答应做你的妻子。"牛郎听后非常惊讶，不过，他还是相信了老牛的话。

到了那一天，牛郎一早就来到银河边，悄悄躲在岸边的芦苇丛里，等候仙女们来临。没过多久，织女和她的女伴们果然来到银河洗澡。她们脱下轻罗衣裳，纵身跃入银河，顷刻之间，碧绿的水面上就好像绽（zhàn）开了朵朵白莲花。牛郎从芦苇丛里跑出来，在岸上仙女们的衣裳堆中取走了织女的衣裳。河中洗澡的仙女们见到后，吓得纷纷跑上岸来，慌乱地穿上自己的衣裳，像受惊的小鸟一般四散逃走了，河里就只剩下可怜的织女，没有衣裳穿无法逃走。牛郎便对她说："只要你能答应做我的妻子，我就把衣裳还给你。"织女只得含羞地点头同意，就这样，她做了牛郎的妻子。

两人结婚后，男耕女织，相亲相爱，日子过得非常美满。后来，又生下了一儿一女两个可爱的孩子。夫妻俩本以为能够终生厮（sī）守，白头到老，可灾祸哪能轻易放过他们。

不久，天帝和王母娘娘知道了此事，非常愤怒，马上派来天神，要把织女捉回天庭问罪。王母娘娘怕天神办事不力，还亲自前来观察动静。

一天傍晚，织女正在家中忙着织布，两个可爱的孩子在后院玩耍（shuǎ），而牛郎在后山忙着耕田播种。突然，草棚的门被人撞开，几名天神恶狠狠地冲了进来，强行押解着织女直上天庭。等牛郎得知音信后赶回家来，家里早没了织女的影子，只剩下两个吓得哇哇大哭的孩子。牛郎悲痛万分，立刻用箩（luó）筐（kuāng）

挑了一双儿女,连夜跟着追去。他原打算渡过那清浅的银河,一直追到天庭,哪知道到了银河的地方,却不见了银河的踪影,抬头一看,才发现银河已经被王母娘娘用法力搬到了天上。在苍蓝的夜空中,银河还是那么清浅,可是已经仙凡异路,再也不能够接近它了。

牛郎回到家里,和儿女们一起顿足捶(chuí)胸,爷儿三个哭作一团。

突然,老牛在牛圈里又说话了:"牛郎,牛郎,我快要死了,我死之后,你剥下我的皮披在身上,就可以飞到天上去了。"

老牛说完,就倒地死去了。牛郎含泪剥下老牛的皮披上,仍旧挑着一双儿女,果然就飞上天了。为了使箩筐两头的重量平衡(héng),他还顺手拿了一个葫芦瓢放在箩筐的一头。

牛郎飞到了天上,风一般地穿行在群星之间,银河已经遥遥在望,隔河的织女,也仿佛可以看见了。牛郎大喜过望,孩子们也招着小手儿齐声欢呼:"妈妈,妈妈!"哪知道他们刚跑到银河边,正要涉(shè)水过河时,忽然,从更高的天空中伸下来一只大手——原来,是王母娘娘着急了,她拔下头上的金簪(zān),沿着银河这么一划,清浅的银河立刻就变成波涛滚滚的天河,牛郎和孩子们再也过不去了。

隔着天河,牛郎除了眼泪哗哗地流外,还有什么法子可想呢?

"爹爹,我们拿这葫芦瓢来舀(yǎo)干天河的水吧。"小女儿擦干眼泪,睁着一双大眼睛,天真地向父亲提议。

"对,我们来舀干天河!"牛郎毫不犹豫地答应道。

就这样,牛郎拿起葫芦瓢,一瓢一瓢地舀天河的水,他舀累了,孩子们就合力用小手帮爸爸继续舀。这份坚定而执着的爱,终于让威严的天帝和心肠冷硬的王母娘娘也有点感动了,于是,允许

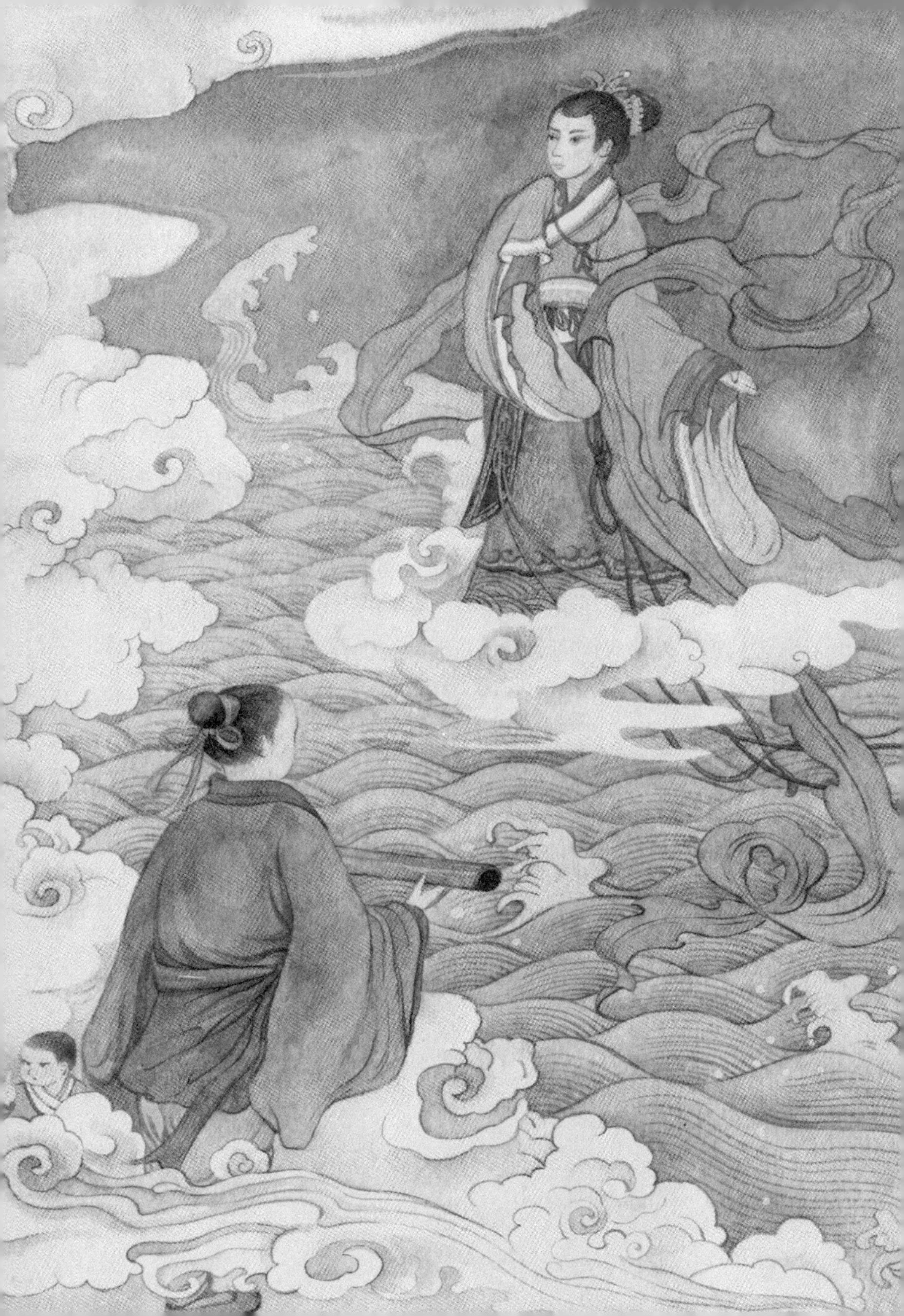

他们夫妻俩在每年农历七月初七的晚上相见一次。相见时，由喜鹊飞来替他们搭桥，夫妻俩就在鹊桥上相会，诉说彼此的思念。织女见到牛郎，免不了会落泪，所以，每年到了这天，人间就会细雨纷纷，人们就会同情地说道："织女又哭了！"

　　牛郎和他的儿女们从此就住在天上，隔着一道天河，和爱妻遥遥相望。时间一久，他们想到了一个传递书信的巧妙办法。织女把书信绑在织布梭（suō）上，抛（pāo）给河对岸的牛郎，而牛郎则把回信绑在牛拐子上，抛回给织女，用这种方法来传递相思。

　　今天，在秋夜天空的繁星中间，如果你细心，就可以看见有两颗较大的星，闪烁（shuò）在那条白练一样的天河两边，那就是牵牛星和织女星。和牵牛星并列成直线的有两颗小星，是夫妻俩的小儿女。离牵牛星稍远的地方有四颗像平行四边形的小星，据说就是织女抛给牛郎的织布梭，而距织女星不远有三颗小星，像等腰三角形，据说就是牛郎抛给织女的牛拐子。

尧舜故事

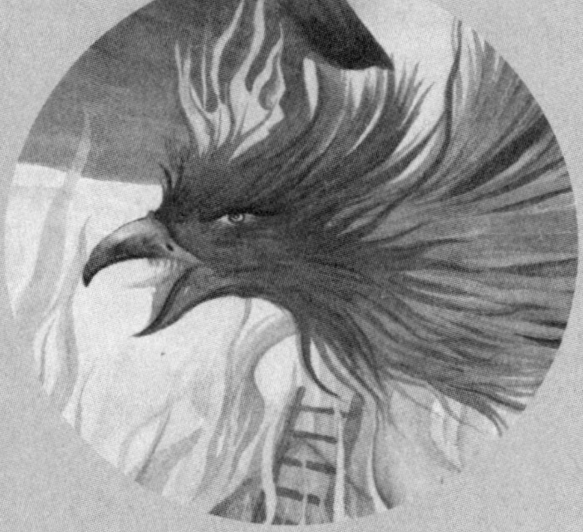

后稷的功业

传说在上古时代，有一个名叫姜嫄（yuán）的女子，有一天去郊外游玩，在回家的路上，忽然发现地上有一个巨大的脚印。她感到很好奇，便试着用自己的脚去踩这个大脚印，想比比大小。哪知道脚刚踏上去，她心里就突然有了一种奇怪的感觉，身上也发生了一些异样的变化，回家后不久，就怀孕（yùn）生下一个小男孩，胖胖的，非常可爱。

可是，这孩子很不幸，因为他没有爸爸，是一个野孩子，人们都看不顺眼，便强行把他从母亲姜嫄的怀里夺走，扔到狭窄的小巷子里，打算让过路的牛羊把他踩（cǎi）死。可说来也怪，牛羊路过那里，不但没有踩死这孩子，反倒都小心翼（yì）翼地从旁边经过，生怕踩到了他，还照顾他，给他奶吃。人们见他不死，就想把他丢到森林里去，可是，碰巧有人在那里砍树，闹哄哄的，也没有丢成。最后，恼怒的人们一狠心，将这个孩子扔到荒野的寒冰上，指望冻死他，可奇迹又发生了：天上突然飞来一大群鸟儿，纷纷用翅膀遮（zhē）盖着他，给他取暖，以免冻伤了他。

几次下来都没成功，人们非常惊奇，心也软了下来，便跑过去看看。这时，鸟儿们四散飞去，在寒冰上，孩子冻得浑身通红，正挥舞着小手小脚哇哇大哭呢。大家没办法可想，只得把他抱了

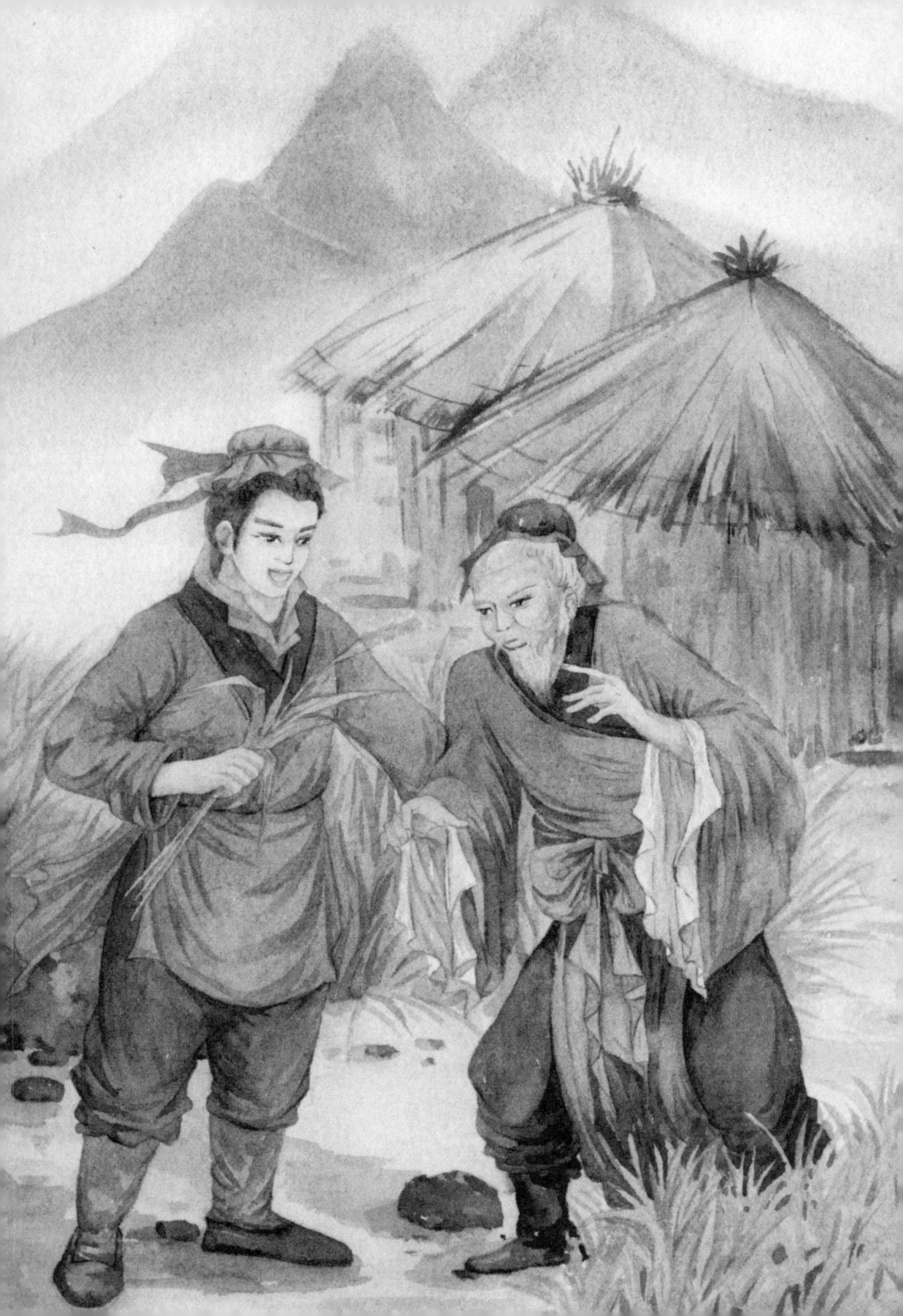

回来，交给他的母亲抚养。因为这个小孩曾经被抛弃过，所以，母亲就给他取名叫"弃"。

弃从小就与众不同。当别的孩子做各种游戏的时候，他也做游戏，但与大家不同的是，他总喜欢把那些野生的麦子、谷子、大豆、高粱以及各种瓜果蔬菜的种子收集起来，用小手种到地里。后来，五谷瓜果都成熟了，结的果实又肥又大，又香又甜，比野生的好吃多了。

等到弃长大成人后，他便试着用木头和石块制造简单的农具。当时，人们主要是靠打猎和采集野果为生，可人越来越多，食物开始不够吃了，生活也越发困难。这时，弃已经在农业上积累了不少经验，便教大家栽种五谷的方法，帮人们解决了吃饭这件头等大事。渐渐地，人们都很佩服他，尊称他为"后稷（jì）"，跟着他学习耕田种地。后稷的大名就在家乡流传开来，就连当时的国君尧都知道了。

不久，尧请后稷做了全国的总农艺师，让他指导大家干农业。到了舜做国君时，就把有邰（tái）这个地方赏赐（cì）给后稷作为封地兼试验农场。后稷的弟弟台玺（xǐ），台玺的儿子叔均，也都是农业能手。据说，叔均还驯服了野牛来代替人拉犁耕种呢！

尧的故事

尧是黄帝的后裔（yì），他是上古时代出了名的好国君，一向生活俭朴，关心人民。

尧的生活有多俭朴呢？平时，他住在茅草盖的屋子里，里面的柱子和梁都是粗糙（cāo）的木头，甚至都没刨（bào）光一下。他每餐吃的是糙米饭，喝的是野菜汤，穿的则是粗麻布衣服，天气冷了顶多披一块鹿皮挡挡风寒。家里的用具都是些土碗、土钵（bō）。人们得知国君过得这么俭朴，不禁感叹道："恐怕就连守门小官过的也比他好些呢！"

尧又有多关心人民呢？假如全国还有一个人没吃上饭，尧就会说："这是我使他饿肚子的。"假如全国还有一个人没衣服穿，尧就会说："这是我使他穿不上衣服的。"假如全国还有一个人犯了罪，尧就会说："这是我害得他陷入到罪恶的泥坑里去的。"他就这样把所有责任都担在自己身上。

所以，在尧做国君的整整一百年中，虽然天下发生过可怕的大旱灾，后来又发生了大洪水，但人们对这位好国君，仍旧衷心爱戴，毫无怨言。

尧是一个好国君，他的手下也全都是一些有名的贤臣：如后稷做农师，倕（chuí）做工师，皋（gāo）陶（yáo）做法官，夔做乐官，舜做司徒掌管教育，契（xiè）做司马掌管军政等等，都是一些为百姓办事的好官员。

舜的故事

尧做国君时，有一个名叫"瞽（gǔ）叟（sǒu）"的盲人，有天晚上忽然做了个奇怪的梦，梦见一只凤凰衔（xián）了米来喂他，并且对他说："我是来给你做子孙的。"

瞽叟醒来后觉得很惊讶。不久，他妻子生下一个儿子，取名叫"舜"。舜的眼睛从小就和别人不同，一只眼睛里有两个瞳（tóng）孔，所以，人们又叫他"重（chóng）华"。舜出生后不久，他的母亲就死了，瞽叟便娶了一个后妻。

舜长大成人后，性格非常温和，也很孝敬父母。可他的父亲瞽叟只知道宠爱后妻和后妻生的儿女，把前妻生的儿子舜看成眼中钉肉中刺。舜的后母心胸狭窄，凶悍（hàn）泼辣，她生的一儿一女，儿子名叫"象"，女儿名叫"系"，两人都性格骄横，脾气很坏，对大哥舜非常不好。幼年丧母的舜就是在这样的家里长大，可想而知，生活有多悲惨！不过，就算是这样，舜在乡邻的眼中仍然是个孝顺的孩子，可见有多难得。

可孝顺又能怎样呢？舜还是经常遭到父母的毒打。如果是用小棍子打，他就含泪忍着，遇见实在吃不消的大棍子，他就只好逃到荒野里去，默默哭泣，轻声呼唤着自己死去的母亲。对于骄横的弟弟妹妹，舜总是小心翼翼地照顾好他们，生怕惹他们不高兴，否则，就又会大祸临头，遭到父母的一番毒打。可是，心肠歹（dǎi）毒的后母毫不动心，总想把舜折磨至死才满意，而瞽叟则总是在一旁充当帮凶。

舜在这个家里实在待不下去了。有一天，他向父母提出分家，说想一个人单独住到外面去。这群恶毒的家人听了都非常高兴，可算把这个眼中钉给赶走了。

不久，舜就在妫（guī）水（在今天山西永济县）附近的历山脚下，搭了几间茅草屋，开了一点荒地，就这么孤单地过着日子。

国君的女婿

舜在历山脚下耕田播种,他待人和善,做事本分可靠,没过多久,历山附近的老百姓被他的美德感化了,大家都争着让起田界来。舜又到雷泽去打鱼,不久,雷泽的渔夫也争着让起渔场来。舜到河滨(bīn)去制作陶器,没多久,说来也奇怪,陶工们做的陶器都更加美观耐用了。

因为喜欢舜,人们都想和他住在一起,都挨着他的那几间茅草屋建房子定居。没过多久,这地方就变成了一个小村庄;再过一年,就成了较大的集镇;到第三年,简直就成大城市了。变化之大,令人难以置信。

国君尧当时已到晚年,正在寻访天下的贤人,想把天子之位禅(shàn)让给他。大家纷纷推荐舜,说他既贤孝又有才干。尧经过一番考察后,对舜也很满意,于是,就把两个女儿,一个叫"娥(é)皇",一个叫"女英",都嫁给舜做妻子,又叫自己的九个儿子和舜在一块儿生活,想进一步看看他的才干。同时,还赏赐了舜一张琴和不少细葛(gě)布衣服,又派人替他修了几间谷仓,还送给他一群牛羊。原本只是一个普通农民的舜,自从做了国君的女婿,一下子就显贵起来了。

舜的家人看见素来讨厌的大儿子忽然平步青云,又富又贵,一个个嫉（jí）妒（dù）得咬牙切齿，非常难受。

可是，舜并不记念家人的旧仇，他常带着新媳妇去看望父母和弟妹，并送给他们礼物，对他们还是像从前一样，并不因为富贵就骄傲起来。舜的两个妻子，也丝毫没有国君女儿的架子，操持家务，侍奉公婆，完全是好媳妇的样子。

三劫难舜

火中化鸟

舜对待家人孝顺友爱,却并没有让家里这些恶人变好起来。相反,他们因为看到舜发迹了,心里更加嫉恨,变得更恶毒了。

这几个恶人就像见不得阳光的老鼠一样,躲在家里密谋了一整晚,定下一条毒计,想把舜害得家破人亡才满意。

一天下午,弟弟象突然来到舜的家里,一脸的假亲热,对舜说道:"哥哥呀,爹叫你明天回去帮他修一修谷仓,记得早点儿来啊!"

"噢,知道了,明天我一定早去。"正在门前堆麦垛(duò)的舜愉快地答应道。

象离去后,娥皇和女英从屋子里走出来,问舜是什么事。

"爹要我明天去帮他修谷仓。"舜告诉她们说。

"你可不能去呀,他们要害死你呢!"

"那怎么办?"舜既害怕又无奈,"爹叫做的事,不去总不大好吧。"

娥皇和女英想了想,说:"不要紧,去吧,明天你记得把旧衣服脱下来,我们给你换一件新衣服穿上就行了。"

第二天,她们从嫁箱里拿出一套五色斑斓(lán)、画着鸟形彩纹的衣服给舜穿上，然后就让他去替父亲修谷仓了。

那群恶人看见舜穿了新衣服前来送死，心里暗暗好笑，可表面上还装得很高兴，欢欢喜喜地接待了舜，替他扛来梯子，带他来到一座高高的坏谷仓前。舜沿着梯子，爬上谷仓顶，就开始认真修理起来。正在这时，只听"扑通"一声，梯子被抽掉了。舜还没反应过来是怎么回事，就发现这群恶人忙着在谷仓下面堆上木柴，然后就用火点燃了。顷刻间，谷仓浓烟滚滚，大火冲天。

"爹爹、妈妈、弟弟，你们这是要干什么呀？"看见这冲天的大火，站在谷仓顶上的舜，没有梯子可以下去，既着急又害怕。

"孩子，"舜的后母恶毒地说道，"我们这是送你上天呀，去和你那死去的亲娘团聚呀！哈哈，哈哈……"

"哈哈，哈哈……"瞎子爹也晃着脑袋傻笑着。

象一面点火一面开心地大笑："哈哈，哈哈……这下你可跑不了啦，除非你长翅膀能飞！"

谷仓已经被熊熊大火包围，舜在顶上团团转，吓得满头大汗，这会儿，他已经完全忘记自己穿的新衣服了。他向这群恶人再三哀求，可是一点用也没有。最后，悲愤的舜张开手臂，向着头顶上的天空高呼："天啦！……"

说来也怪，就在舜张开手臂露出新衣服的瞬（shùn）间，他在火光和烟焰当中，变成了一只大鸟，嘎嘎地鸣叫着，直朝天空飞去。恶人们眼见这奇异景象，一个个都惊得目瞪口呆，面面相觑（qù）。

舜就这样逃过了一劫。

井内变龙

第一次阴谋失败后，恶人们不甘心，又给舜设下了一个圈套。

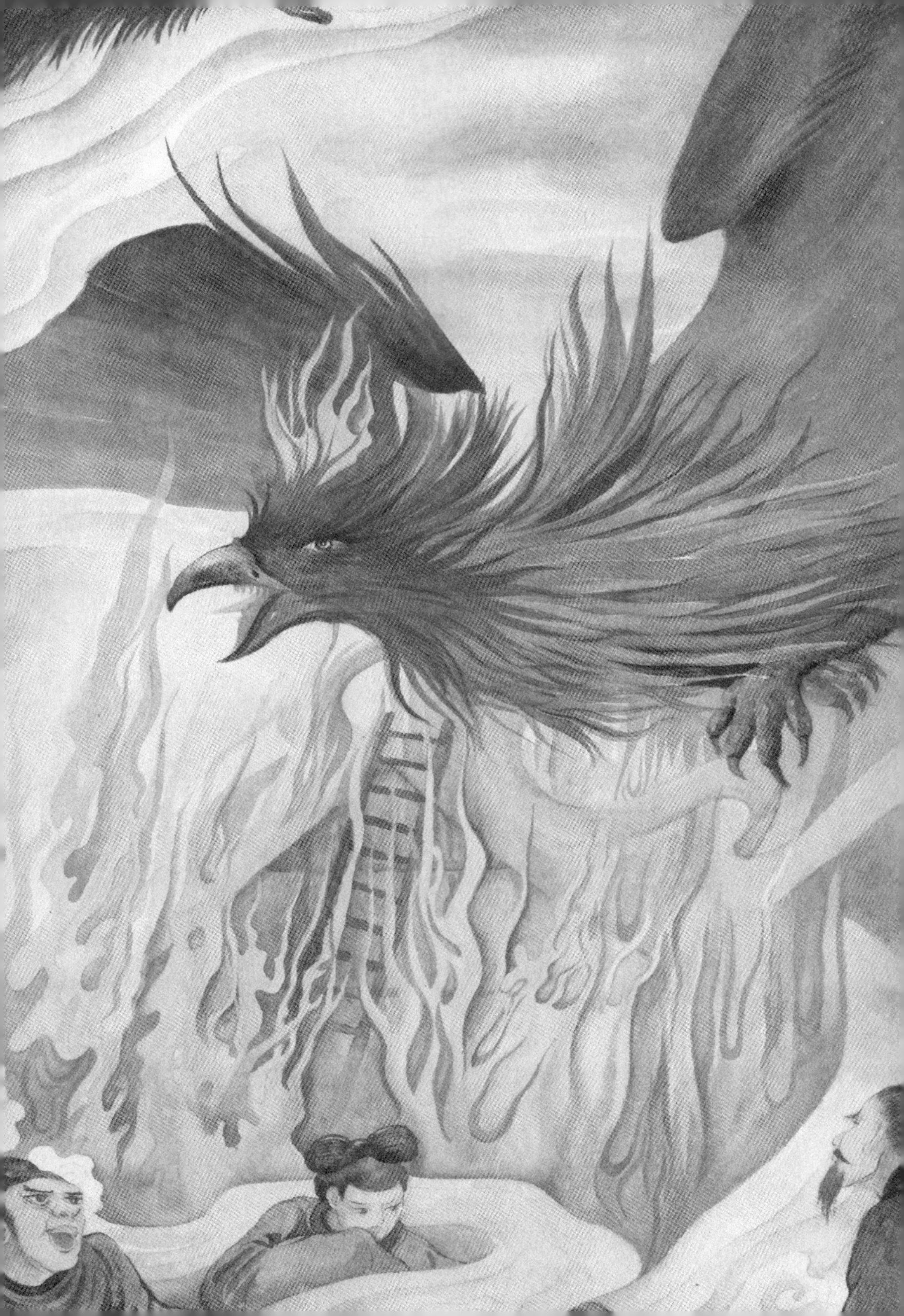

这一回，瞎子爹亲自出马了。

"儿呀，上次那件事我们做得很不应该，请你一定原谅……"瞎子爹摸索着来到大儿子家门前，用手里的一根竹棍敲着台阶走了进来，老着脸皮说，"现在爹又要麻烦你帮我淘一淘井，你可一定要来，不要多心哟！"

"爹放心吧，我明天一定来。"舜温和地说道。

爹走之后，舜把爹的来意告诉了两个妻子，妻子们都向他说："这一次去也是凶多吉少，但是不要紧，你去吧，我们自有办法。"

第二天，她们给了舜一件画着龙形彩纹的衣服，让他穿在旧衣服里面，到了危急时刻，只要脱去旧衣露出新衣服，自然就会有奇迹发生。舜照着妻子们的嘱（zhǔ）咐（fù），穿好衣服就出发了。

恶人们见舜这次来，穿的并不是奇怪的新衣服，都在心里暗想：这回你是死定了！

舜带着工具，让人用绳子吊着，下到井里面去。哪知道刚一下去，绳子就被割断了。紧接着，乒乒乓乓的，石头和泥块就从头上倾倒下来。这群恶人打算把舜活埋在井里面。

已经吃过亏的舜，此刻很机警，不等石头、泥块全倒下来，就脱去外面的旧衣露出了里面的新衣服。刹那间，他就变成一条披着鳞（lín）甲、银光闪闪的游龙，一下子钻进地下的泉水里，逍（xiāo）遥（yáo）自在地浮游着，然后，从另一眼井里钻了出来。

千杯不醉

第二次阴谋失败后，这帮恶人仍然贼心不死，一计不成，又生一计。这一次，他们商量假意请舜去喝酒，打算把他灌（guàn）醉之后杀掉。

有一天，象摇摇晃晃又来了。一进门就说道："哥哥嫂嫂，前两次的事还请你们不要放在心上，这次爹妈特地备了点儿酒菜，想跟哥哥道歉（qiàn），请你一定赏脸，明天早点去。"

象走后，舜开始发愁了。

"怎么办呢？"他向妻子们说道，"去还是不去？不知道他们又会搞什么阴谋诡（guǐ）计？"

"怎么不去呢？"妻子们都说，"不去他们又要怪罪你了。去吧，不要紧！"

说完，她们就走进屋里，从嫁箱里拿出一包药粉递给舜，说道："这药拿去，再加一点儿狗屎，然后兑（duì）水洗个澡。明天你去喝酒，包你不出事故。"

第二天一早，舜按照妻子们说的，用药粉混合狗屎，再兑上水，好好地洗了个澡，便到爹妈家赴宴去了。

这帮恶人早已在家做好准备了，他们把板斧磨得锋利无比，预先藏在门角里，就等着舜来。舜刚一进门，他们马上装出亲热的样子，高兴地接待了舜。不久，丰盛的酒宴开始了，恶人们轮流上前劝酒，"干杯啊，哥哥，干……干……""喝呀，儿子，爹也敬你一杯……"

可是舜呢，不管大杯还是小杯，接到手里就一饮而尽，毫不推辞。就这样，不知道喝了多少杯后，这些劝酒的一个个都喝得东倒西歪了，舜还像没事儿一样坐在那里，笑眯眯地继续喝着。

最后，酒坛（tán）子都喝空了，菜也吃光了，再也没什么东西可以吃喝的了，恶人们只得眼睁睁看着舜抹了抹嘴巴，很有礼貌地告辞，然后回家去了。

// 尧舜禅位

尧在选定舜作为接班人后,打算把国君的位置传给他。不过,在传位之前,尧决定对舜进行了一番特殊的考验。

他把舜送进一个暴风雨将要到来的山林里,看他一个人能用什么办法走出来。舜行走在这片山林里,毫不畏惧。毒蛇见了他都远远地逃开,虎豹豺狼见了他也不敢伤害。一会儿,暴风雨果然来临。山林里一片漆黑,伴随着巨雷、闪电和倾盆大雨,四周的大树像披散着头发、张开手臂的山精野怪一样,仿佛就要扑过来一般。舜在里面转来转去,简直分不清东西南北。可是,勇敢智慧的舜,最后还是在这片漆黑的山林里找到了方向,沿着来时的道路,走了出去。在外面等候他的人们欢呼鼓掌,祝贺他通过了这场考验。

为什么舜能够顺利通过这场考验呢?据说,在此之前,舜先和两个聪明的妻子商量过一番。至于她们怎样帮着出的主意,就不得而知了。也许,舜的身上就带着妻子们给他的宝物,因此,他才能不被迷惑,顺利过关。不管怎么说,他能单独进入山林,勇敢地接受考验,这份勇气就已经很难得了。

通过了这场考验后,尧就把国君的位置禅让给了舜。

舜当了几十年的国君,也像尧一样,做了很多有利于百姓的事。后来,他也效仿尧,把王位禅让给了治水有功的大禹。

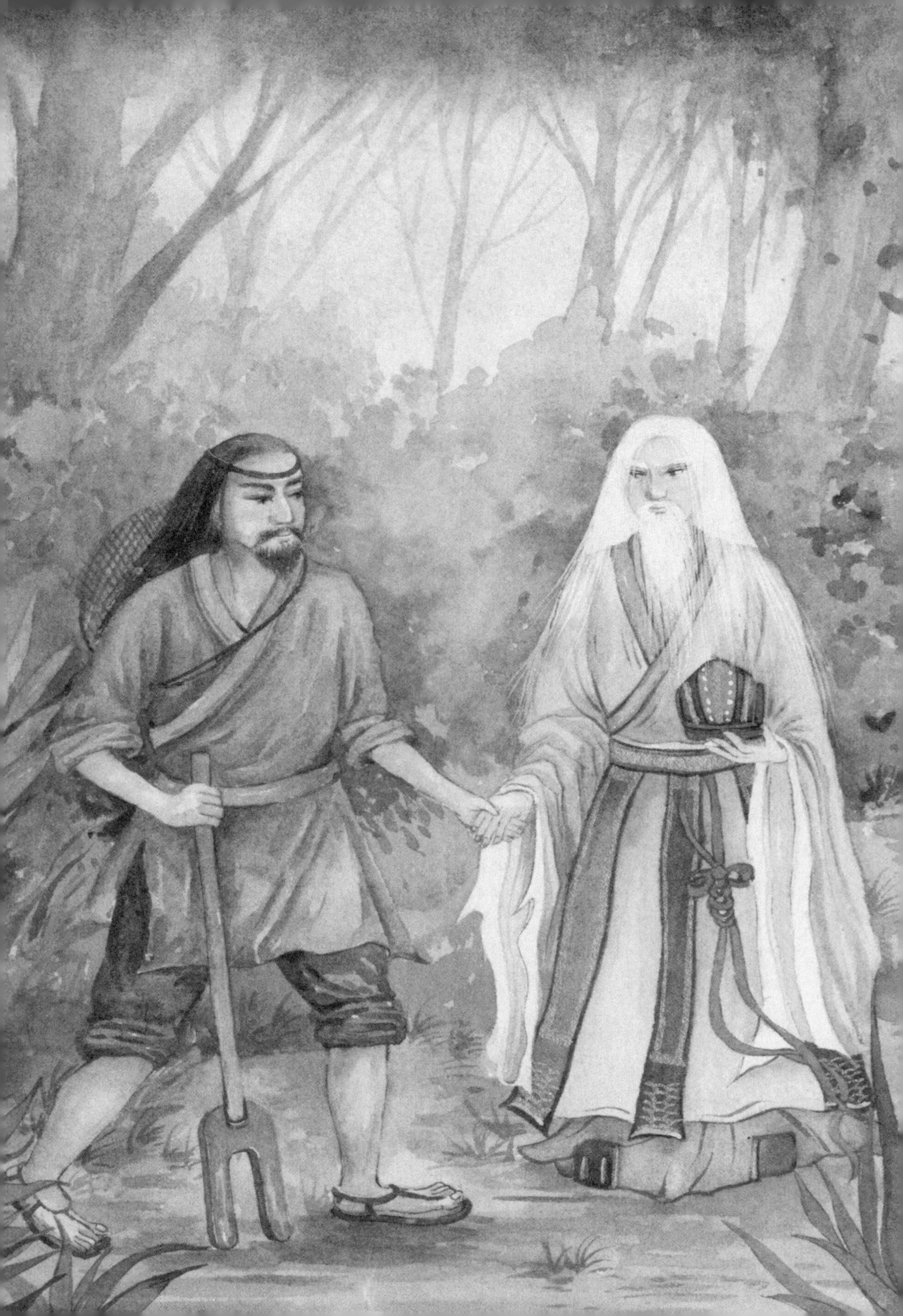

羿禹神话

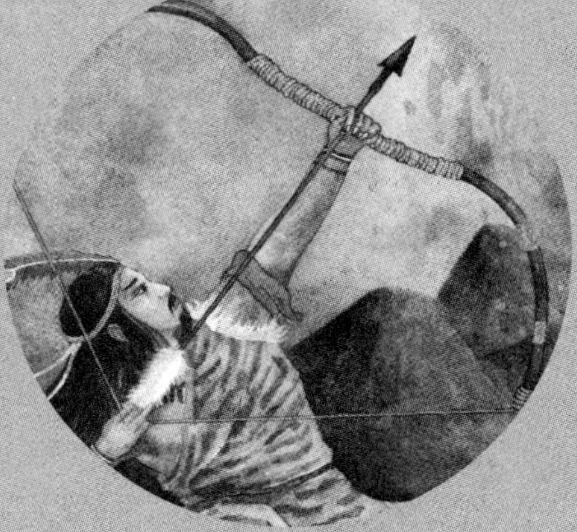

十日并出

还是在尧做国君的时候,天上曾经有十个太阳一齐出现。

那时,每天都骄阳似火,大地被烤焦,禾苗被晒枯,甚至连铜铁沙石都被晒得快熔(róng)化了。人们热得喘(chuǎn)不过气,连身体里的血液都好像要沸(fèi)腾(téng)了。所有可吃的东西已经被吃干净,老百姓饿得奄(yǎn)奄一息,处在死亡的边缘。

为什么天上一下子出现了十个太阳呢?这说来话长。

原来,这十个太阳,本是天帝的妻子羲和所生,他们住在东方海外的汤谷(因为太阳在这里升起,所以又叫"阳谷")。这十个太阳经常在那里洗澡,所以,汤谷里的海水终年滚烫(tàng)沸腾。在沸腾的海水中,生长着一棵大树,名叫"扶桑",高几千丈,粗一千多丈,它就是十个太阳的家。其中,九个太阳住在下面的枝条里,一个太阳住在上面的枝条里。他们每天轮流出现在天上,由母亲羲和驾着车子接送,一个太阳回来了,另一个才出去接班,严格遵守顺序,从没出过差错。所以,虽然有十个太阳,但平时在天上只会出现一个。

在扶桑树的顶上,终年站着一只玉鸡。每天,当它感觉到黑夜快要消逝、黎明即将到来时,就会张开翅膀,抬起头来喔(wō)喔地鸣叫。玉鸡一叫,桃都山那棵大桃树上的金鸡也跟着叫起来;

金鸡一叫，各地名山胜水的石鸡也跟着叫；石鸡一叫，天下所有的雄鸡就一齐叫响了。这时，在澎湃的大海和满天的霞光中，一轮鲜红的太阳就冉冉升起来了。

每天，太阳从汤谷升起后，先在海水里洗个澡，然后，从扶桑树的下面慢慢升上顶点，最后才坐上妈妈羲和给准备好的车子出发。六条龙拉着车子风一般地飞驰着，经过长长的一段路程后，在接近傍晚时分来到悲泉，妈妈就在这里停下车来，剩下的短短一段路程，就让太阳自己去走。可是，妈妈还经常不放心，总要坐在车上等着，直到看见孩子走向虞（yú）渊，进了蒙谷，把最后几缕阳光洒在水滨的桑树和榆树上时，她才驾了空车，在习习的夜风中，穿过繁（fán）星和轻云，回到东方的汤谷去。接下来，她就要准备第二个儿子新一天的行程了。

十个太阳，每天都轮流出去值班。起初，大家感觉这样很好，可是日子一久，千百万年都这样，实在是枯燥（zào）乏味。终于，有一天晚上，太阳们又聚在扶桑树上开会，这时，有个调皮的太阳提议说：

"天天这么轮流值班，真不好玩。要不，明天早晨，我们都不坐妈妈的车了，一齐飞出来，好不好？"

"好啊，好啊，这样肯定很好玩！"有的说道。

"早就讨厌每天轮流出去东升西落了！"有的这么说。

"妈妈不会责怪我们吧？"有的担心地说。

"怕什么，我们就玩这一次好了！"马上有太阳反驳道。

结果，大家一致赞同。

第二天一早，他们一齐出发了，在广阔的天空中欢快地跳着、蹦着，感觉自由自在，比做什么都快乐。妈妈急得站在车上大声呼唤，可这些顽皮的家伙充耳不闻。

自从这次结伴出来后,他们尝到了天马行空的乐趣,就再也不想过从前那种枯燥生活了。从此,他们每天都这么结伴同行,一齐出现在天上。可这样一来,天下的老百姓就遭殃了。

受命除害

面对十日并出,天下大旱,国君尧的日子也不好过。他住在简陋的茅草屋里,吃着糙米饭,喝着野菜汤,和老百姓一样闹着饥荒。

眼见百姓遭受这样的灾祸,尧心急如焚(fén),时刻都在心里默默祷(dǎo)告着:"天帝啊,可怜可怜天下无辜(gū)的百姓吧!召回这群可恶的太阳,降下一场大雨来吧!"可是,上天一点儿反应都没有。

其实,尧每天的祷告,都传到了天帝的耳朵里。可天帝为什么毫无反应呢?原来,在天帝看来,十个太阳一齐出现,不过是一群顽皮的孩子恶作剧罢了,算不了多大的事。天帝口头警告了他们一下,但并没有真心管束。可时间一长,人间的老百姓一遍遍的呼声,还有尧一次又一次的祷告,让天帝感到不胜烦扰。最后,连天上各路神仙都开始议论纷纷了,天帝觉得这样下去不大好,于是下定决心,派了一位擅(shàn)长射箭的大神到人间去,打算吓唬一下这些坏孩子们,让他们收敛(liǎn)一下。

这个大神名叫"羿(yì)",也有人叫他"后羿"。据说后羿的身体长得很特别,他的左臂比右臂天生就要长些,这对于挽(wǎn)弓射箭非常有用。因此,他的箭法练得神妙无双,天上地下都没有对手，是大家眼中的"箭神"。

　　后羿临行前，天帝赐给他一张红色的弓，一口袋白色的箭，箭不但华美无比，而且坚固锋利。天帝当然不希望后羿真的去射杀十个太阳儿子，因此，对后羿再三嘱咐，叫他一定手下留情，装装样子吓唬一下他们就行了。

后羿射日

后羿领了天帝的旨意，便带着妻子嫦（cháng）娥来到人间。

在一间热浪滚滚的茅草屋里，后羿见到了满脸愁容的国君尧。当尧得知后羿是天帝派来的使者后，大喜过望，一定要带着他们夫妻俩到外面去转转，把这个好消息告诉全国的老百姓。

可怜的人们，每天在十个太阳的炙烤下，已经死去了无数，没死的也只剩下一把黑瘦的骨头，奄奄一息了。可当大家听说天神后羿领了天帝的旨意，来到人间帮助大家，顿时又都强打精神，纷纷赶到国都来，聚集在广场上，大声呐喊着、欢呼着，请求后羿赶快替他们除害。

后羿看到这样的情形，心里非常激动，决定说干就干。

广场上，人们早就等得很焦急了，不断传来阵阵欢呼声和呐喊声，催促后羿快点动手。听到大家的催促声，后羿有点为难。天帝告诉过他只能装装样子，并不是要真射，可老百姓哪知道啊！大家恨透了这十个可恶的家伙，强烈要求把他们全射下来。后羿犹豫了一下，最后，他一咬牙，决定顺应天下百姓的愿望，违抗天帝的命令，一定要将这些可恶的家伙全收拾掉，以免将来他们又跑出来害人。

后羿慢慢走到广场中央，从肩上取下那张红色的弓，再从装

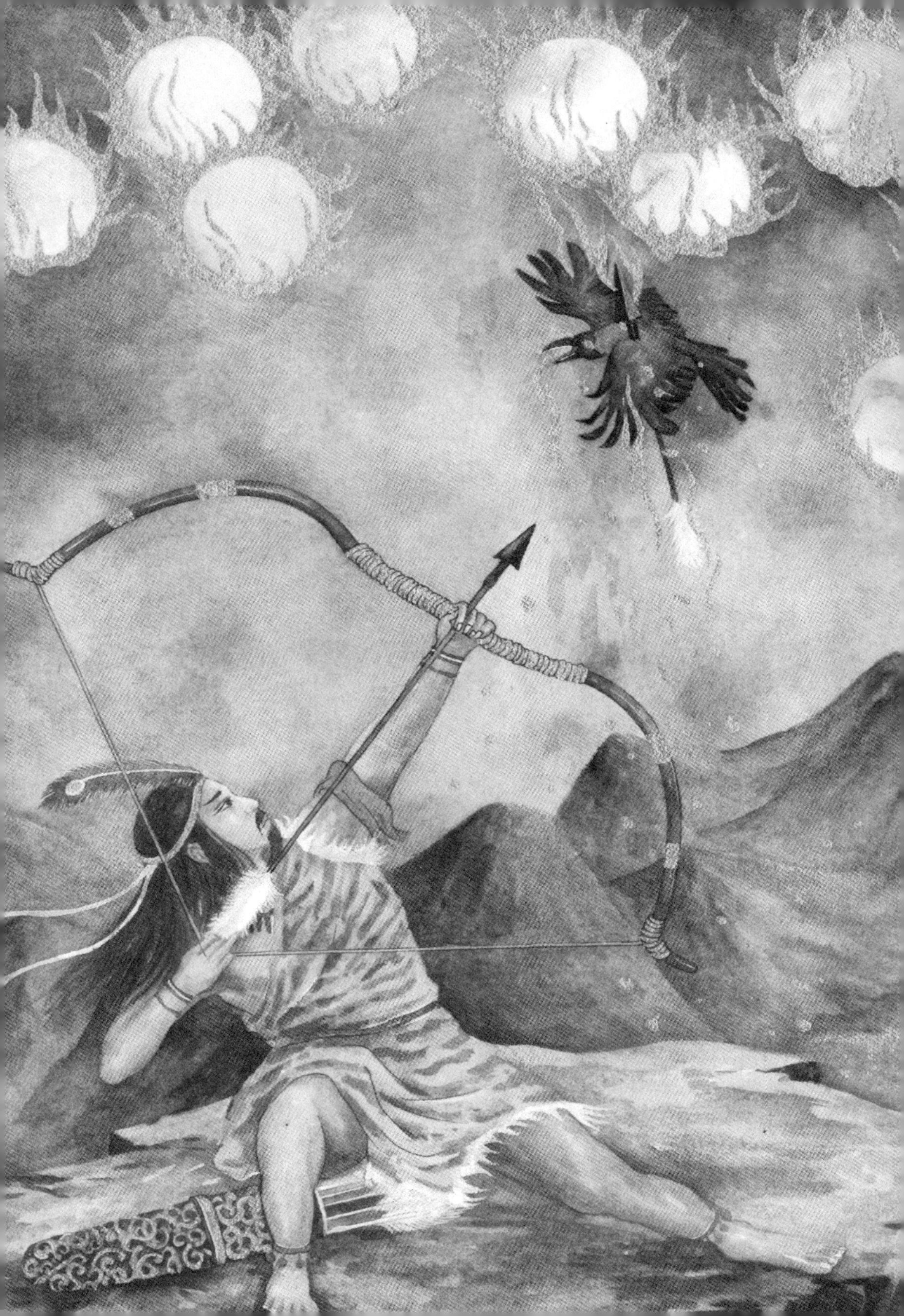

满十支箭的箭袋里抽出一支白色的箭，弯弓搭箭，然后瞄准天上，"嗖"（sōu）的一箭射出去。这箭快似流星，起初，没有什么声响，过了一会儿，只见天空中一团火球无声地爆裂，流火乱飞，接下来，金色的羽毛纷纷落下，一团通红的东西扑通一声坠(zhuì)落在地上。人们跑上前去一看，原来是一只巨大的金色三脚乌鸦，身上还插着一支箭。看来，这就是太阳精魂的化身了。再看天上，只剩下九个太阳了，空气也似乎凉爽了一些，人们不由得大声欢呼起来。

既然已经违抗了天帝的命令，后羿干脆一不做二不休，连续弯弓搭箭，对准天空中那些吓得正想逃跑的太阳们，一支支箭像流星般地射出，只听得"嗖嗖嗖"的箭声，然后，天空中一团团火球无声地爆裂，满天都是流火，数不清的金色羽毛飘散在空中，三脚乌鸦一只只坠落下来，人们的欢呼声响彻大地。

后羿射得正高兴，站在土坛上看后羿射箭的尧，忽然想起太阳对人们也是很有作用的，不能全射下来了，得留一个，便急忙命人从后羿的箭袋里偷偷抽去一支。所以，当后羿射完了箭袋里的箭后，天空中就剩下了一个太阳。

西王母赐药

后羿违抗命令,射杀了天帝的九个太阳儿子,天帝一怒之下,革除了后羿和嫦娥的神籍(jí),将二人贬(biǎn)为凡人,不许他们再返回天上。

后羿夫妇俩得知后,非常难过。他们难过的不是上不了天,而是担心成了凡人后,寿命有限,终究有一天会老死,那可怎么办啊?

后来,经过多方打探,后羿听说在昆仑山的西方,有一个名叫"西王母"的大神,藏有不死之药,吃了就可以永生。后羿决定不管道路有多遥远和艰险,一定要去求来这不死之药。

说到西王母,他可不是一位慈祥的老奶奶,而是一个怪神,长着豹子的尾巴,老虎的牙齿,头上戴着一支玉制的发饰,头发乱蓬(péng)蓬地披散着,掌管世间的各种灾疫(yì)和刑罚。他平时住在昆仑山顶瑶(yáo)池旁的岩洞里,由三只青鸟照顾生活。

每天,三只青鸟捕到猎物后,就从三危山展翅飞越千里,来到西王母所住的岩洞前,张开锋利的爪子,扔下一堆连毛带血的各种动物,这就是西王母最爱吃的食物。等他吃过之后,满地都是残渣,这时,一只专门替他做杂事的三足神鸟就会走过来打扫干净。

每当西王母高兴时,就会从岩洞里走出来,站在悬崖(yá)峭(qiào)壁上,仰着脖子朝天长啸。这时,无论是天上飞翔(xiáng)

的老鹰，还是潜伏在深山里的老虎、豹子等野兽，一听到他那凄厉而可怕的叫声，就会吓得瑟（sè）瑟发抖，东躲西藏。

那西王母的不死之药是从哪里来的呢？传说在昆仑山上有棵不死树，树上结有一种果子，吃了就可以长生不死。西王母的不死之药，就是用这些果子炼制成的。这棵不死树，几千年一开花，几千年一结果，结的果子并不多，所以，不死之药非常珍贵。如果吃光了，就得再等好几千年甚至上万年才有。

世上的人都希望得到这不死之药，只是，西王母住的地方不是常人所能到达的，而且，他还居无定所，有时住在昆仑山顶瑶池旁的岩洞里，有时住在昆仑山西方盛产美玉的玉山上，有时又住在太阳落山的崦嵫山上。单说这昆仑山顶，普通人就休想上去。昆仑山的外面，环绕着熊熊大火，昼夜不息，无论什么东西一碰着它就会化为灰烬（jìn）。它的山脚下，又环绕着弱水的深渊，这弱水连羽毛掉在上面都会沉下去，更不用说浮得起船或者人了。谁又能突破这重重艰险最终见到西王母呢？所以，虽然世上的人们都知道西王母藏有不死之药，可谁也没得到过。

但后羿不是普通人，他是顶天立地的大英雄。凭着神力和不屈的意志，后羿通过了重重考验，最终登上了昆仑山顶，见到了西王母。当后羿讲明来意之后，西王母对他的遭遇深表同情，就让身边的三足神鸟去把那装有不死之药的葫芦衔来。三足神鸟一瘸（qué）一拐地进去了，不一会儿，就从黑黝（yǒu）黝的岩洞深处衔来了葫芦。西王母接过葫芦，郑重地交给后羿，说道："这药足够你们夫妇俩吃了都长生不死的，如果是只给一个人吃了，还能重新升天成神呢！"

临别前，西王母再三叮嘱后羿："可要好好保管，这就是剩下的全部药了。一旦弄丢，就再也没有了。"

嫦娥奔月

后羿从西王母那里求来了不死之药后,小心翼翼地藏在身上,高高兴兴地回到家里,叮嘱妻子嫦娥要小心保管。两人准备择一个吉日一起吃了。

其实,后羿并不想上天,只要能长生不死,就算住在人间,也是很不错的。可嫦娥的想法却不一样,她想:我原本是天上的仙女,如今却不能上天,全是受了丈夫的连累。按理,他该恢复我原来的身份才是。现在这药既然能让人重新回到天上做神仙,那我就算自私一点,把药全吃了,也不算对不起他吧!因此,她就在心里打定主意,不再等什么吉日,准备趁着哪天后羿不在家时,就把那药偷偷拿出来一个人全吃了。

但她还是有些害怕,不知这样做会不会闯下大祸。所以,她先去找一个名叫"有黄"的巫(wū)师替自己卜(bǔ)一下吉凶。有黄经过一番占(zhān)卜之后,告诉嫦娥:"夫人不用害怕,想做什么就放心去做吧,一切都会大吉大利!"

嫦娥听了巫师的话,就下定决心,把葫芦里的药全倒出来吞了下去。

奇迹果然发生了:嫦娥觉得自己的身体变得轻飘飘的,脚慢慢脱离了地面。终于,她不由自主地飘出了窗外。外面是灰白的

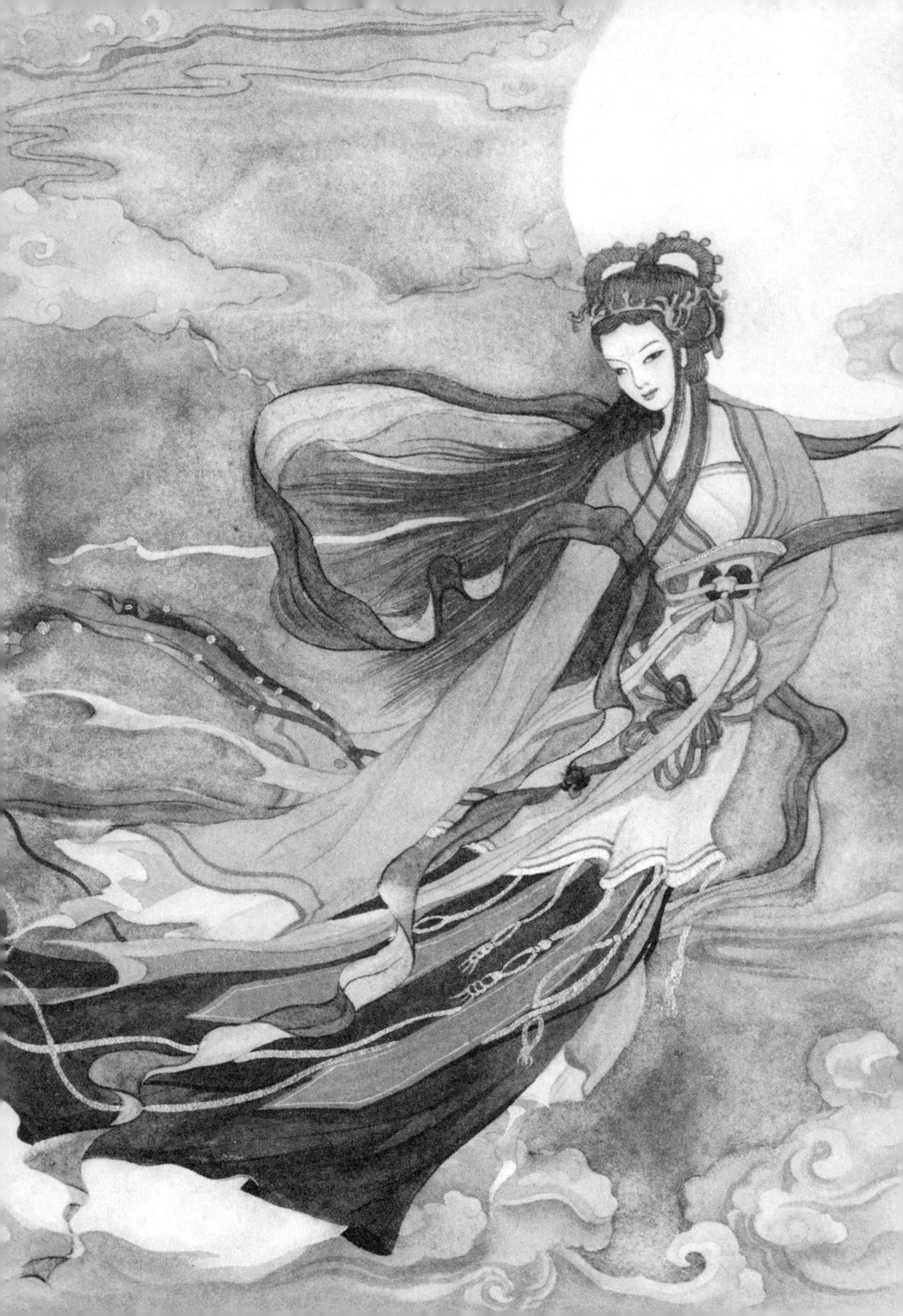

郊野，蓝色的夜空，天上有一轮圆圆的明月，还有许多金色的星星。嫦娥一直飘升上去……

但是到哪里去呢？她心想：假如回到天府，肯定会被天上的神仙们耻笑，笑她背叛丈夫，而且，如果丈夫想办法追到天上来，自己也很难应付。看来，只有先到月宫去躲一躲比较好。打定主意后，她就一路向月宫奔去。

哪知她刚刚飞到月宫，气还没有喘定，就感觉着自己的身体突然发生了变化：脊梁骨不停地往下缩，肚子却往外膨胀，嘴巴在变大，眼睛也在变大，脖子和肩膀（bǎng）挤拢在一起，全身的皮肤上还长出一些铜钱般的疙（gē）瘩（da）来……她吃惊地大叫，可是声音已经嘶哑难听了。她想要跑出去求援，却只能蹲在地上缓缓地跳动——这是怎么回事？原来，这个绝世美貌的仙女，只因一念之差，现在，已经变成一只丑陋的癞（lài）蛤（há）蟆（ma）了。

最早的"嫦娥奔月"的故事就是这样的，因此，人们也把月亮叫作"玉蟾（chán）"。

不过，也有的故事跟这个不同：说嫦娥奔入月宫后，并没有变成丑陋的癞蛤蟆。可是，月宫跟她先前预想的完全不一样，那里冷冷清清的，除了一只终年在那里捣药的白兔和一棵桂树外，什么也没有。直到许多年后，仙人吴刚被天帝罚到月宫里来砍桂树，才又多了一个人。可桂树和吴刚闹别扭，吴刚每砍一斧子下去，桂树的伤口就随即愈（yù）合，怎么也砍不倒它。

月宫这样冷冷清清，嫦娥非常失望，但已经来了，只得先住下再说。可是越住下去，越觉得寂寞难耐，她开始想念家庭的温馨（xīn）和丈夫的好处，满心懊（ào）悔，但想回到从前已经不可能了。从此，嫦娥就只好永远住在月宫里了。

后羿之死

逢蒙学射

自从妻子嫦娥离开后,后羿就性情大变。他觉得天上充满了不公平,人间也到处都是欺骗,因此,灰心沮丧到了极点。从前他还怕死,现在却觉得死也没什么可怕的。他再也不想长生不死了,于是,每天就到外面去打猎、游荡,浑浑噩(è)噩地混日子。

后羿的脾气也一天比一天坏,稍不如意就大发雷霆(tíng)。手下都知道主人心情不好,可大家虽然很同情他,但面对不是骂就是打,谁受得了?于是,就有人偷偷跑了,那些跑不掉的或一时还没有地方可去的,也在心里咒骂这个倒霉(méi)的主人。当后羿发现连手下都背叛自己时,越发伤心和愤怒,脾气就更大了。这群人中,只有一个名叫"逢(páng)蒙"的,人非常机灵,后羿很喜欢他,不仅不对他发脾气,还经常教他射箭。

逢蒙刚开始学射箭时,后羿便对他说:"你要学射箭,先要学会不眨眼睛,去把这种本领学到了再来吧。"逢蒙回到家里,就成天仰躺在他妻子的织布机下面,用眼睛对着织布机的脚踏子,脚踏子动而眼睛不动。这样过了一段时间,就是拿锥(zhuī)子猛刺向他的眼睛,也休想让他眨眼。

逢蒙于是高兴地去找后羿。后羿说："还不行。第二步还要学看东西，要学会把小东西看成大东西，把不显眼的东西看成显眼的东西，然后再来告诉我。"逢蒙又回到家里，找了一根牦（máo）牛尾巴上的毛，拴上一个虱（shī）子（寄生在人或动物毛发中的微小昆虫），把它悬（xuán）挂在南面的窗子下，每天练习看虱子。十多天以后便觉得虱子慢慢变大了。又练习了很长一段时间后，那虱子看去就像车轮那么大，再看别的东西简直一个个都成了大山和小山了。

于是，他又高兴地去找后羿。后羿这才说："你现在可以学射箭了！"就把自己的本领差不多全都教给了逢蒙。

后来，逢蒙的箭射得几乎和后羿一样好，天下闻名，人们只要一说到射箭的，就会把逢蒙和后羿相提并论。后羿很高兴有这样一个本领高强的学生。可是，他哪里知道，心胸狭小的逢蒙并不喜欢有一个本领比自己高强的老师。

有一回，后羿开玩笑，要和逢蒙比赛射箭。恰好天空中一行大雁飞了过来，后羿叫逢蒙先射，逢蒙连发三箭，领头的三只雁应声落地，一看，三支箭都正中雁的头部。这时，受惊的雁已经四散乱飞，后羿随意向它们射了三箭，也有三只雁应声落地，一看，三支箭也都射中了雁的头部。可是，在乱飞的大雁中射中三只，那难度远超过在整齐的雁群里射中，逢蒙这才知道，老师的本领其实比自己高多了，不是轻易赶得上的。因此，逢蒙对后羿的忌（jì）恨之心就更重了，心里常常盘算怎么暗害后羿。

有一天下午，后羿刚骑马从外面打猎回来，快要到家的时候，只见对面树林边有人影一闪，紧接着，就有一支箭向他飞来。后羿眼疾手快，连忙拈（niān）弓搭箭，在奔跑的马上一箭射回去，只听得"铮（zhēng）"的一声，箭尖正撞上箭尖，在空中碰出一点火花，两支箭便向上撞成一个"人"字形，跌落在地上了。第一箭刚刚相撞，双方的第二箭几乎同时又撞在半空中，就这样一连射了九箭，后羿的箭都用完了。这时，他才看清楚对方原来是逢蒙！逢蒙正得意地站在对面，还有一支箭搭在弦上，正瞄准后羿的咽喉。

没等后羿做任何防备，逢蒙的箭早已像流星一般，"嗖"的一声向后羿的咽喉飞来。也许是瞄得稍微差了一点，这一箭正中后羿的嘴巴。一个跟头，后羿带着箭摔下马去。

逢蒙见后羿已死，便慢慢地走过来，微笑着想看看老师死去的样子。刚在定睛看时，只见后羿突然睁开眼睛，坐了起来。

"你真是白跟我学了这么久，"后羿吐出咬断的箭头，笑着说，"难道连我的'啮（niè）镞（zú）法'都不知道吗？这怎么行，还得要好好练习啊！"原来，后羿还有这招独门绝技并没有教给逢蒙，就是在危急关头时，能用牙齿咬住射来的箭。

"饶了我吧，师父……"逢蒙扔了弓，跪在地上，抱住后羿的腿，努力挤出几滴眼泪来，苦苦哀求道。

"去吧，以后别再这么下作了！"后羿鄙（bǐ）夷（yí）地挥了挥手，便跨上马回家去了。

终遭暗算

逢蒙暗害后羿失败后，虽然心里对后羿忌恨得要命，但在后面很长一段时间里，都不敢再轻举妄（wàng）动。一是因为惧怕后羿的神勇，二是良心上也好像有点过不去。但这个卑（bēi）鄙（bǐ）的家伙从没有放弃杀死后羿的念头，一直在寻找机会下手。

后羿的脾气越来越坏，手下都忍受不了他了，对他非常不满。逢蒙感到：向老师兼主人报仇的时机到了。挪开后羿这块绊（bàn）

脚石，他就是天下第一了。没过多久，逢蒙就暗中煽动大家起来背叛主人，他们一起密谋，给后羿设了一个圈套。

　　有一天，天气晴朗，大家跟着后羿去郊外打猎。一群人赶着车子，骑着快马，追赶着野猪、狐狸和兔子，猎狗嗷（áo）嗷叫着，马嘶鸣着，人群欢呼着，声音响彻山谷，每个人脸上都显得那样兴奋。后羿手拉马缰坐在大车上，在这快乐的气氛里，他也暂时忘掉了忧愁。这时，逢蒙这个无耻之徒，手拿一根用桃木削成的大棍，悄悄从树林里靠拢过来，对准毫无防备的后羿的后脑勺，狠狠就是一击……

　　大英雄后羿就这么被谋杀了，实在令人痛心。

洪水滔天

尧做国君的时代，十个太阳带来的大旱刚刚消除，紧接着，天下又发生了可怕的大洪水，持续了整整二十二年。据说，这场洪水是天帝降下来惩罚天下百姓的。

洪水淹没了所有的田地和房屋，大地上一片汪洋。人们没有居住的地方，只得扶老携（xié）幼，到处漂流，有的爬上山去找山洞藏身，有的就在树上学鸟一样做巢（cháo）。田地浸没在洪水里，庄稼全被水淹死了，地面上的野草却长得很茂盛，飞禽（qín）走兽也一天天多起来，到后来，禽兽竟然和人们争地盘了。可怜的人们，既要对抗寒冷和饥饿，还要分出力量来对付禽兽，结果可想而知，他们不是死于饥饿和寒冷中，就是死在恶禽猛兽的残害下。大地上的人一天天减少，到处都是鸟兽经过所留下的痕迹。

看着百姓这样受苦，国君尧忧心如焚，但又想不出好办法，只得召集在朝的大臣和各方诸侯前来，和大家商量道：

"如今洪水滔天，百姓简直都活不下去了，谁能去治理洪水，解救他们？"

大家异口同声地说："就请大神鲧（gǔn）去好啦！"

尧摇头说："唉，鲧恐怕不行吧，他的性格我知道，虽然很有本事，但做事总喜欢按自己的想法来，不一定听得进别人的意见。"

大家说:"除他之外,再也找不出谁啦,试试看吧。"

尧只得说:"好吧,那就请他去试试吧。"

接到尧的请求后,鲧毫不犹豫地就答应了,接下这个艰巨的任务。他非常同情天下的百姓,想把大家从洪水中解救出来。

鲧窃息壤

鲧接受了尧的请求，决心亲自带领人们治理洪水，可结果风里来雨里去，奔忙了整整九年，洪水仍没有平息，这让他很发愁。

有一天，鲧正在愁闷时，恰巧有一只猫头鹰和一只乌龟互相拖拉着从他面前经过，看见鲧这副模样，就问他为什么闷闷不乐。鲧便把原因告诉了它们。

"要平息洪水吗，并不难啊！"猫头鹰和乌龟齐声说。

"是吗，那该怎样办呢？"鲧急切地问道。

"你知道天庭有一种叫'息壤（rǎng）'的宝物吗？"

"听说过，却不知道究竟是什么东西。"

"'息壤'就是一种永远不停生长的土壤，看上去也没有多大一块，但只要弄来一点点投向大地，马上就会生长出很多土壤，积成大堤（dī），甚至长出高山来。用这宝物来拦阻洪水，还怕洪水不能平息吗？"

"啊，那这宝物藏在哪里，你们知道吗？"

"这是天帝的至宝，它藏的地方，我们哪能知道！你难道想偷出来不成？"

"是的，"鲧说，"我决心就这么办！"

"你不怕被天帝严厉地处罚？"

"让他去处罚好了。"鲧平静地说道。

息壤的确是天帝的至宝,被藏在一个很秘密的地方,并且还派有勇猛的神灵看守着。可是,一心想要拯救百姓的鲧,最终想方设法将它偷到了手。

鲧一得到息壤,就马上就跑去下方,替人们堵塞洪水。这东西果然很有用,只需要一点点,就可以积土成堤,拦住汹涌的洪水,甚至让水直接在泥土中干涸(hé)掉。

不久之后,大地上的洪水渐渐少了很多。住在树上的人们从窝巢里爬出来,住在山冈上的人们从山洞里走出来,准备重建家园。大家枯瘦的脸上又露出了笑容,心里满是对鲧的感激之情。

可不幸的是,天帝终于知道了宝物被盗走的事情。他大发雷霆(tíng),痛恨天国出了这样的叛徒,随即命令火神祝融下到凡间,在羽山将鲧杀死,夺回了剩余的息壤。

鲧腹生禹

鲧被杀死的地方叫"羽山",就是委羽之山,在北极之阴。那里非常遥远,连太阳光都照不过去。

传说有一条名叫"烛龙"的神龙,终年守在那里,嘴里衔着一支蜡烛,用来代替日光,照亮北极的幽(yōu)暗角落。人类灵魂的最后归宿(sù)地幽都,就在羽山的附近。所以,这里有多凄惨和荒凉,可想而知。

鲧被杀后,内心充满了不甘,他并不是不甘自己被杀,而是遗憾(hàn)治水还未成功,老百姓还浸泡在洪水里,饥寒交迫,息壤却被天帝夺回去了。他怎么能安心长眠呢?

正因为这一股坚强的念头支撑着,鲧的精魂没有死去,他的尸体三年都不腐烂。更神奇的是,在他的肚子里,正悄悄生长着一个新的生命,就是他的儿子大禹(yǔ)。鲧用自己的精血孕育着这条小生命,希望儿子将来能继续自己未完成的事业。大禹在父亲的肚子里生长着,变化着,三年之中,他已经具备了种种神力,甚至超过了父亲。

鲧的尸体三年不腐烂,这件奇事让天帝知道了,便派了一个天神,带上一把名叫"吴刀"的宝刀,前往羽山,去把鲧的尸体剖(pōu)开,看看究竟是怎么回事?

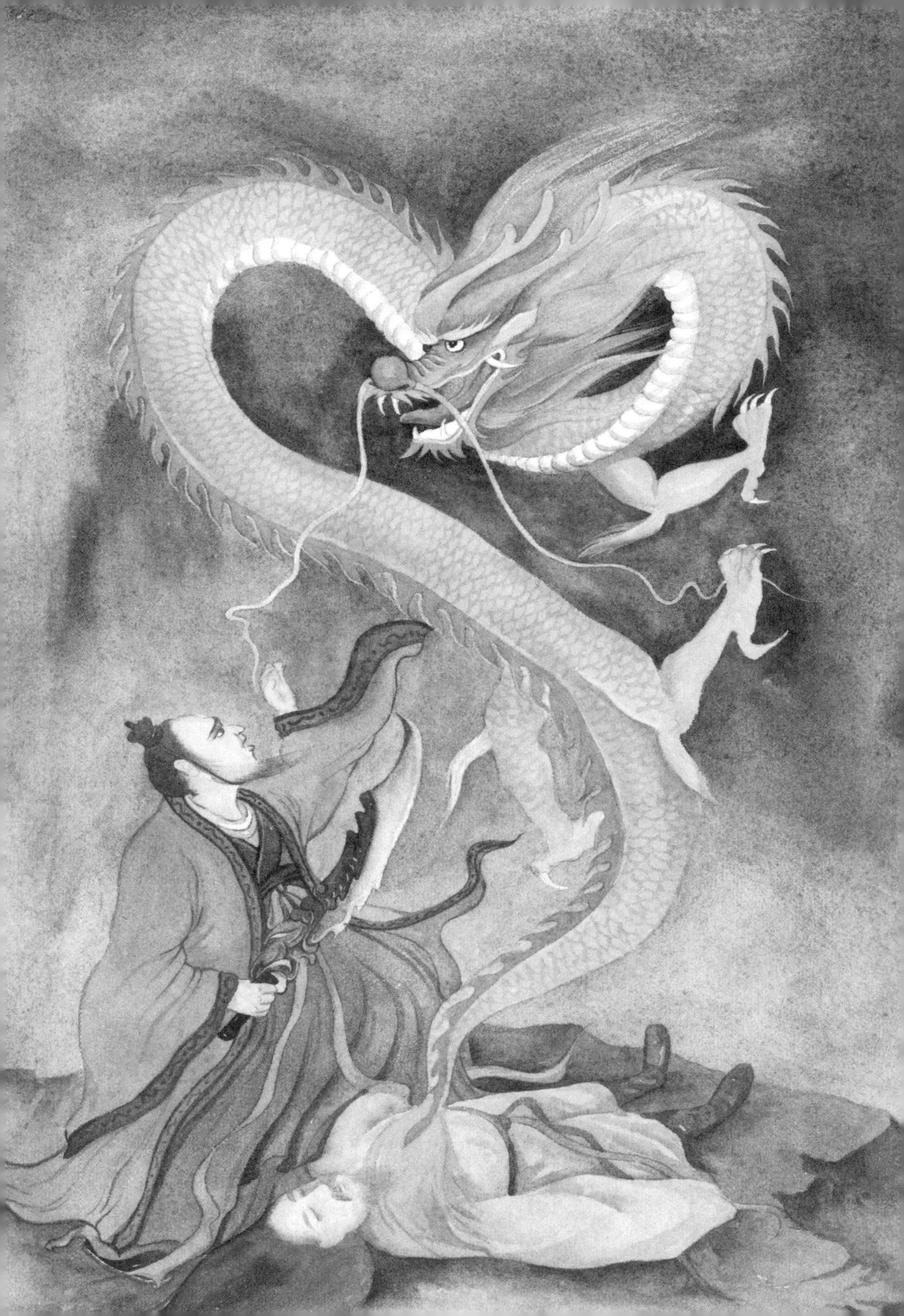

就在这时，奇迹发生了：从鲧被剖开的肚子里，忽然跳出一条龙来，头上长着一对尖角，盘旋着升上了天空。这条龙就是大禹。

天帝赐息壤

大禹渐渐长大后,发下宏愿,要继承父亲未完成的事业,平息天下的洪水。

这事让天帝知道后,既惊讶又担心。剖开鲧的肚子生出大禹来,那如果将来再剖开大禹的肚子,不会再生出别的什么怪物吧?在惊讶之余,天帝也渐渐悔悟了,觉得自己降下洪水来惩罚百姓未免太过严厉,应该消除这场灾难。

就在这时,大禹前来请求天帝将息壤赐给他。天帝便答应了他的请求,不但把息壤赐给他,还正式委派他到下界去治理洪水,并且派应龙去帮他的忙。

大禹接受了天帝的任命,便带领应龙和另外一群大大小小的龙,来到下界。他给群龙分配任务,让应龙专门疏(shū)导大江大河,其余的龙则疏导小河和沟渠等,让旋龟驮(tuó)着息壤跟在身后,继续父亲未完成的治水工作。

力擒无支祁

大禹为治理洪水，曾经三次来到桐（tóng）柏（bǎi）山（在今天河南桐柏县西南），每次到那里，都会遇到各种怪现象，比如：刮大风，打大雷，石头怪叫，树木哀号，治水的工作没法继续下去。

大禹知道，这是妖物在作怪，便召集天下群神来想办法除妖，可有一些神不愿意出力，大禹一怒之下，把他们关押起来，其余的才愿意合作。经过仔细搜寻，大家终于在淮（huái）水和涡（guō）水之间发现了一个名叫"无支祁（qí）"的水怪。这个水怪长得像一只巨大的猿猴，额头高，鼻梁低，牙齿雪亮，眼睛闪着金光，白色的脑袋，青色的身体，脖子伸出来有上百尺长，力气大过九头象，而身体却轻便敏捷。

大禹派人前去捉拿无支祁，结果都大败而归，便只好去请天神童律来帮忙，哪知童律也制服不了它；又去请乌木由，乌木由也打不过它。最后，只得请大神庚（gēng）辰（chén）出马。庚辰挥舞着一把大戟，与无支祁展开了激战。这时，成千上万的山精水怪聚集在周围，奔走号叫，为无支祁呐喊助威。庚辰毫不畏惧，继续战斗。突然，他一戟向这个水怪砍去，怪物躲闪不及，被砍伤了。大家一拥而上，用大铁索锁住无支祁的脖子，在它的鼻孔里穿上金铃，这才把它制服。虽然无支祁被擒获了，但它在那里依然上

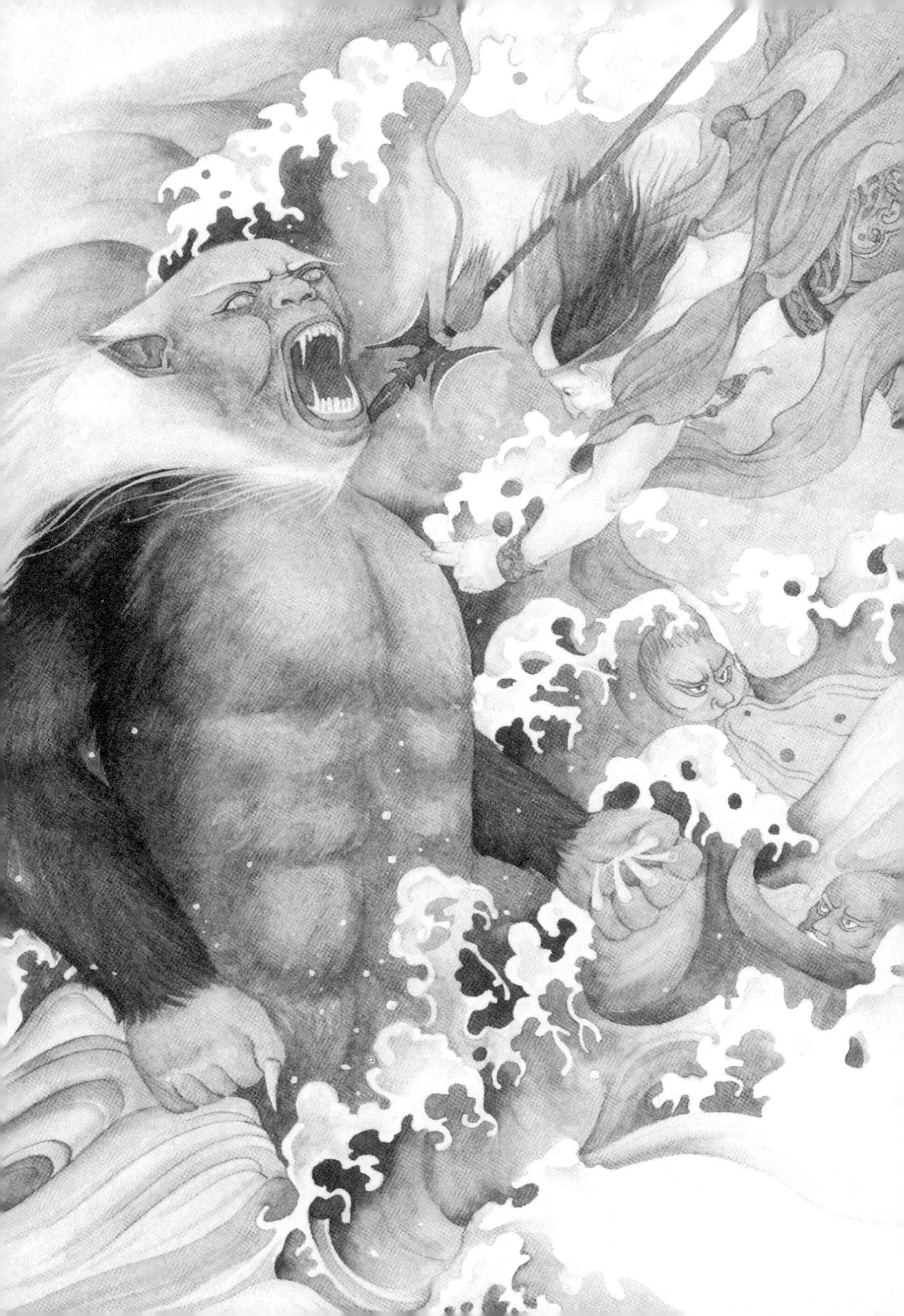

蹿（cuān）下跳，一刻都不愿安静下来。后来，大禹派人将它镇压在龟山脚下（在今天江苏淮阴县）。令人惊奇的是，无支祁居然能听懂人的话，还能回答人们的问题。

  降服了水怪无支祁，大禹的治水工作才得以顺利进行，淮水也从此平静地流入大海，没有再发生水灾了。

三过家门而不入

大禹治理洪水时，非常辛苦，他总是亲自拿着箕（jī）畚（běn）（一种用竹篾〔miè〕或柳条编成的运土器具）、铲（chǎn）子，冒着风雨走在队伍的最前面，带领百姓开挖河渠，疏导洪水，历经多年才终于战胜了洪水。

为了治好洪水，大禹在风雨中前后忙碌（lù）了十三年，好几次从自己家门口经过时，听见孩子就在里面哇哇大哭，都因为工作太忙没工夫进去看看。他的手脚生出了厚厚的老茧（jiǎn），指甲磨得光秃秃的，因为长期泡在泥水里，小腿上的腿毛都掉光了。长年的风吹日晒，使他的皮肤黑黝（yǒu）黝的，再加上身体很瘦，所以，脑袋和脖子显得特别长，嘴巴也显得特别尖，整个人非常难看。而且，由于长年处在湿气和烈日的熏（xūn）蒸中，所以，还不到老年，大禹就得了半身不遂的病，走路一跛（bǒ）一跛的，都不能正常迈腿了。可是，天下的百姓，提起大禹来却交口称赞，大家都说："要是没有大禹，我们这些人恐怕早就喂了鱼虾！"

大禹平息了天下的大洪水，得到人民的拥戴，舜便将国君之位禅（shàn）让给他。大禹就建立了夏朝，成了夏朝的开国君主。他做了国君后，还替百姓做了很多有益的事，人们越发拥戴他，都希望他能永远健康长寿。可是，有一年大禹到南方去巡视，走到会（kuài）稽（jī）时就病倒了，不久就死在了那里，人们含泪将他埋在会稽山上。传说大禹的墓，每年都会有鸟雀成群飞来替它除草呢！

夏商诸神

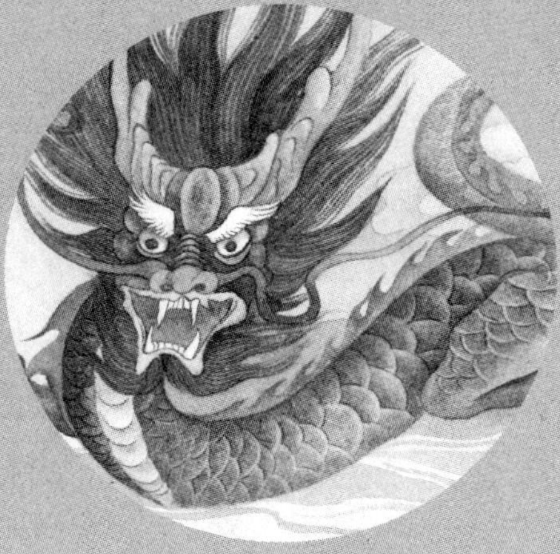

夏启和孟涂

大禹死后,他的儿子启继承王位做了国君。

传说启的模样很特别,耳朵上挂两条青蛇,左手拿着一把羽伞,右手握着一个玉环,身上还佩带着一块玉璜(huáng)。平时,他喜欢驾着两条龙出游,每次出现时,周围总有三层云气环绕着。

启曾经三次乘飞龙上天,到天帝那里做客。他趁机把天乐《九辩》和《九歌》偷偷记了下来,带回人间,改编成《九招》(也就是《九韶〔sháo〕》)。在夏朝的境内,有一个名叫"大穆(mù)之野"的地方,是一座高耸(sǒng)入云的天然平台,启曾在这里举行了一场盛大的音乐会,请乐师们演奏《九招》,得到了众人的交口称赞。后来,启把这支曲子改编成歌舞剧,又选了大乐之野这个地方作为舞台,让歌童和舞女们手拿着牛尾巴进行表演。他本人则乘龙驾云,打着逍遥伞,悠闲地在那里观赏着,时不时用手里的玉环敲击身上的玉璜,打着节拍。从此以后,人间就有了美妙丰富的音乐。

启手下有一个大臣,名叫"孟涂",是个很神奇的人。他在做官时,有老百姓到他那里去打官司,原告和被告双方争得面红耳赤,可他根本不用去分辨谁说得有道理,只是略施法术,然后抬眼一看,就能看见其中一人的衣服上有血迹,然后叫手下把那人捉住,判他有罪。因为，只要衣服上有血，就是上天在示意，说明这人有罪。孟涂每次断案又快又准，老百姓都很佩服他。所以，孟涂死后，人们就把他埋在巫山上，还在山下给他修了一座庙，叫"孟涂祠"，用来纪念他的功德。

孔甲养龙

启之后王位又传了十多代,传到一个名叫"孔甲"的国君手里。孔甲是个昏君,成天不理朝政,只知道信神信鬼,吃喝玩乐。夏朝就这样一天天衰落下来。

孔甲最喜欢的就是打猎。

有一次,他带着一大帮随从,骑着马,驾着车,带上猎鹰和猎狗,到东阳贲(bèi)山去打猎,那里是吉神泰逢居住的地方。泰逢很不喜欢这个昏庸无道的家伙,就刮起一场狂风来,直吹得飞沙走石,天昏地暗。孔甲和他的随从在大风中迷了路,到处乱窜(cuàn),结果来到一个山沟,发现这里有几户老百姓。其中有一家刚生了儿子,亲友和邻居们正挤在屋里向主人贺喜,突然看见国君来了,大家赶紧行礼。有人说:"好呀,这小子有福气,刚生下来就遇见国君了,将来必定大吉大利!"也有人不以为然,摇着头轻声说道:"好是好,但也说不定长大后会遭遇一些灾祸,还是小心点为好!"孔甲听了很生气,大声斥责道:"胡说!把这孩子交给我来抚养,看谁敢让他遭灾祸!"

不一会儿风停了,孔甲带着随从回王宫去了。不久就派人来把孩子抱走,送到王宫里抚养。后来,这个孩子渐渐长大成一个少年,孔甲想封他一个官,来炫耀自己无上的权力——我要谁享福就享福，要谁倒霉就倒霉。哪知却发生一个意外，让孔甲的美梦落空了。

有一天，这个少年正在王宫的演武厅里玩耍。忽然，一阵大风刮来，厚厚的帷（wéi）幕被高高卷起，拉断了一根屋梁，"咔嚓"一声，断掉的屋梁落了下来，重重砸在武器架子上，架子上的一把板斧被震得飞了起来。少年一见，吓得大惊失色，赶紧躲避，哪知斧子落下来，不偏不倚（yǐ），刚好砍在他的脚踝（huái）上。从此，这个少年就成了一个断脚的残疾人。

孔甲也没有办法了。让正常人做官，还可以在大家面前炫耀一下，让一个残疾人做官，恐怕只会让人笑话。他只好让这个少年去做了一个看门人，还大为感慨地说道："想不到好端端的一个人也会出毛病，真是命该如此啊！"为此，他专门创作了一支歌曲，叫《破斧之歌》，来抒发自己的感慨，据说这还是东方的第一首歌曲呢。

孔甲还很喜欢养龙。

龙是一种神奇的动物。当年，舜做国君时，南浔（xún）国从地脉深处挖出一雄（xióng）一雌（cí）两条毛龙来，献给了舜，舜派专门的人把它们养起来。后来，舜禅位给大禹，两条龙也移交给了大禹。而大禹本身就是一条龙，他治水时又多亏了应龙的帮忙，治水成功后，还有两条神龙从天空降下表示庆贺。所以，大禹就把这两条龙好好养了起来。

如今，孔甲喜欢养龙，不知道从哪里也弄来一雄一雌两条龙。接着，孔甲便命人到处找善于养龙的人。后来，终于找到了一个名叫"刘累"的人，据说这人曾在豢（huàn）龙氏那里学过养龙术。

豢龙氏的祖先名叫"董父（fǔ）"，曾经在舜手下做过养龙的官，因此，后代子孙就叫豢龙氏，就是养龙人的意思。刘累在豢龙氏那里学过几天本领，还不是很精通，就急急忙忙跑到国君孔甲那里巴结讨好，自吹自擂。愚蠢（chǔn）的孔甲听了他一番谎话，信以为真，就派他做了养龙的官，还赐给他名号"御龙氏"。这家伙一下子就威风起来了。

可是，就凭刘累那点水平，根本养不好龙。不久，一条雌龙被他养死了。换了别的人，闯下这种大祸，早就吓傻了，可他不怕，还派人把死龙从池子里捞上来，剔（tì）甲剖腹，剁（duò）成肉酱（jiàng），在鼎（dǐng）锅里蒸好后，给孔甲献上去，说这是自己打的野味，请国君尝一尝。孔甲吃了刘累献上来的"野味"，觉得味道不错，大大夸奖了他一番。

过了不久，该让龙出来表演了。孔甲这才发现，只有一条雄龙没精打采地在那里勉强应付。"那条雌龙呢？"孔甲疑惑地问道。刘累支支吾吾说不清。就这样，好几次表演都只有一条龙出来了。孔甲虽然愚蠢，还是发现不对头。终于有一天，他发火了，命令刘累把雌龙交出来。刘累一看实在是骗不下去了，便连夜带着家小，逃跑到鲁县（今天河南鲁山县）去躲了起来。

雌龙死了，刘累跑了，只剩下一条病恹（yān）恹的雄龙，还得找人来继续养。孔甲只得又到处寻访，后来，居然找到了一个养龙高手，名叫"师门"。师门来了不久，那条无精打采的雄龙就被养得精神抖擞（sǒu）了。孔甲看了非常满意。

可是，师门这人也有个毛病，就是脾（pí）气不太好，养龙时不喜欢听别人指挥，一切都要按自己的主张来，从不像刘累那样对孔甲唯命是从。可孔甲偏偏又喜欢不懂装懂，提一些愚蠢可笑的建议，师门听了忍不住就要反驳（bó）。就这样，两人之间总是闹矛盾。孔甲养龙是为了取乐，结果却惹来一肚子的不高兴，这让他怎么受得了？有一次，师门不仅拒绝接受孔甲的建议，还把他驳得哑口无言，孔甲再也忍不住了，他大发雷霆道："来人呀，

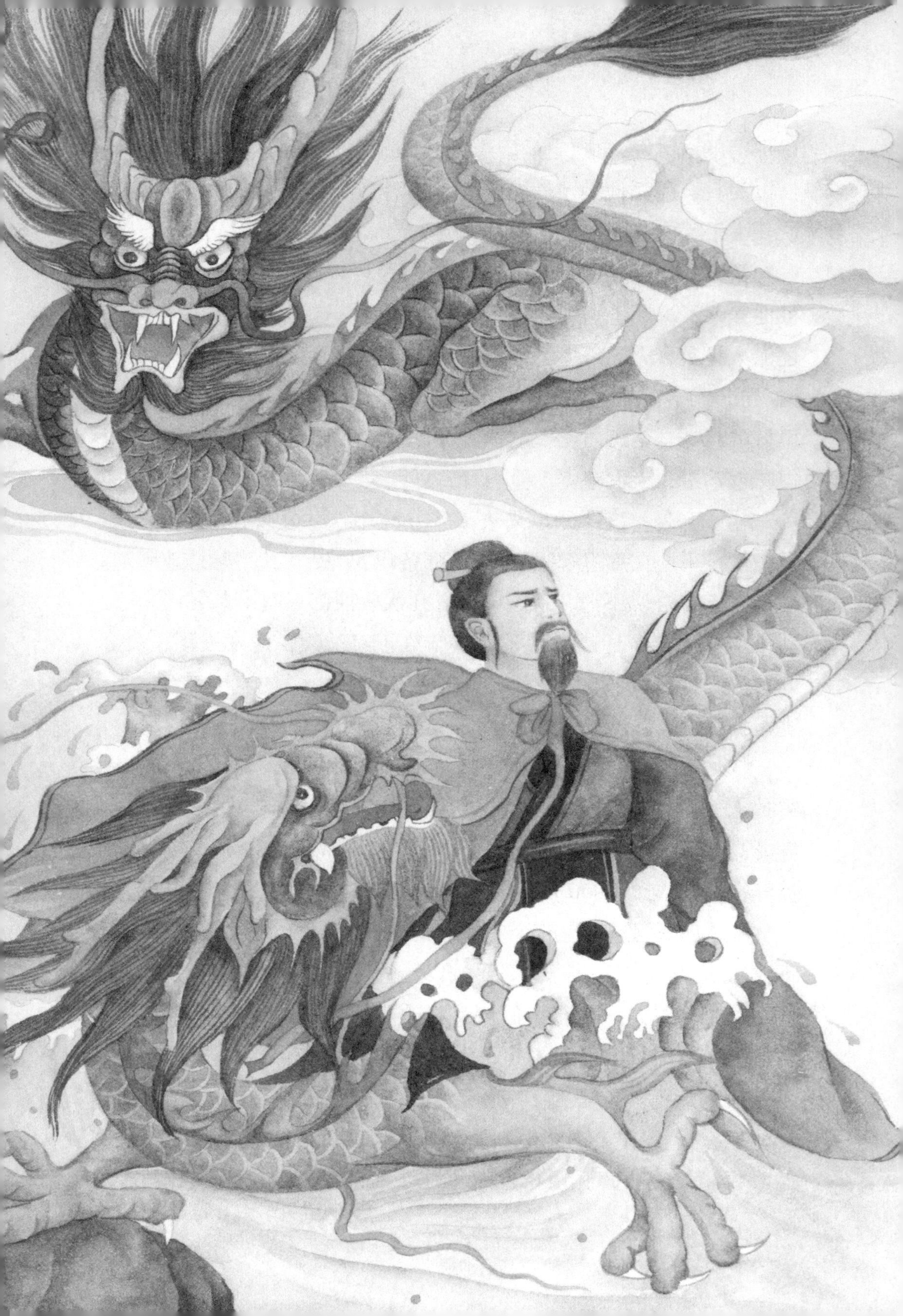

把这家伙给我拖出去砍了！"师门扭过头来哈哈大笑，说道："你就算砍了我的脑袋也没用，你错了就是错了！"说完，竟毫不畏惧地跟着卫士出去了。不一会儿，血淋淋的人头献上来，孔甲看了感觉很不舒服，就叫人把尸首抬到荒郊野外埋了。

哪知师门的尸首刚刚埋下，外面就刮起狂风下起暴雨。风雨一停，埋尸首的山林突然起火了，大火熊熊，派去很多人都扑不灭。孔甲在王宫里望见城外的大火，也有些害怕，心想：这不会是师门的冤魂在作怪吧。想到这里，他只得亲自坐车到城外去祈祷，求师门不要再作怪了。祈祷过后，火势果然小了很多，慢慢就要熄灭了，孔甲这才放心上车回王宫去。

到了王宫门前，卫队长上前打开车门，请国君下车。可过了好半天车里都没有动静，卫队长大着胆子上前一看，大吃一惊：孔甲居然僵（jiāng）硬地倒在车里，既不说话也不动弹，眼睛瞪得大大的，已经死去好久了。

夏桀暴政

孔甲死后没多久,他的曾孙(也有人说是他的儿子)履(lǚ)癸(guǐ)继位做了国君,就是历史上有名的暴君夏桀(jié)。

这夏桀,身材魁(kuí)梧,相貌堂堂,力大无比,坚硬的鹿角他一只手就能折断,弯曲的铁钩轻轻一扳(bān)就直了,他曾到水里面去斩杀蛟(jiāo)龙,还敢空手跟豺(chái)狼虎豹搏斗。夏桀外表看上去像一个大英雄,可他的内心却腐朽肮脏。

夏桀生活奢(shē)侈(chǐ),为了享乐,他不顾老百姓的死活,用人们的血汗钱修建了一座名叫瑶台的华丽宫殿。在这里,他聚集了天下各种珍宝和各地献来的美女,还把各种侏(zhū)儒(rú)、耍把戏的小丑和游手好闲的家伙,都召集起来陪他玩耍;又叫人创作了许多淫(yín)秽(huì)的歌曲,伴着下流的舞蹈,在宫廷里表演。夏桀每天什么正事也不做,就和这些人在后宫里饮酒作乐。他还命人在宫里挖了一个大池子,里面灌满美酒,然后坐上小船在酒池里划行。他一声令下,手下"咚咚咚"地擂一通鼓,池子边马上就有三千人趴(pā)在那里,伸长了脖子在酒池里喝酒,就像牛喝水那样。有人喝醉了,"咕咚"一声栽到酒池里淹死了。夏桀和一个名叫"妺喜"的宠(chǒng)妃看见了,哈哈大笑,觉得很好玩。

夏桀的宫殿除了瑶台之外,还有好些行宫别苑(yuàn)。据说有一座长夜宫，建在一座幽秘的山谷里，夏桀经常和一些无耻的贵族男女，在这里通宵饮酒作乐，有时一连好几个月都不上朝处理政事。一天晚上，天上忽然狂风大作，卷着密密匝（zā）匝的沙尘，直扑向灯火辉煌、乐声嘹（liáo）亮的长夜宫，不一会儿，就把整个宫殿和山谷都掩埋了，里面的人也全都被活埋。也算夏桀命大，碰巧那天没在那里。也许这就是上天在警告他，不要再这样荒淫下去了，可是，夏桀并没有因此而醒悟。

宠妃妹喜有个怪癖（pǐ），特别喜欢听撕绢布的声音，夏桀就叫人把府库里存放的各种精美的绢布都抱出来，一匹一匹地撕给她听，用来讨她的欢心。就这样，无数人辛勤劳动织出来的绢布被白白撕毁了。

在夏桀的后宫中，有一个怪异的宫女，有时会突然变成一条龙，张牙舞爪，不久又变回成美女。这个怪女人每天都要吃人，大家非常害怕，可是夏桀觉得特别刺激好玩，对她格外宠爱，每天都抓来人给她吃，还叫她"蛟妾（qiè）"，让她给自己预言吉凶祸福。

大臣关龙逄觉得夏桀的所作所为太荒唐，便时常劝他，结果惹恼了这个昏王，反被抓起来杀掉了。其他大臣知道后，再也不敢劝他了。可是，一个名叫"伊（yī）尹（yǐn）"的御膳（shàn）官不怕死，有一次，当夏桀在瑶台上正饮酒作乐时，伊尹大着胆子上前，举着酒杯对夏桀高声说道："大王不听忠言，国家早晚要灭亡的！"哪知道喜怒无常的夏桀听了，却并没发怒，只是干笑两声，呵斥道："简直是胡说！我有天下，就像天上有太阳，谁见过太阳会灭亡？如果太阳会灭亡，那我也就只好灭亡了。哈哈哈……"

他不知道，老百姓对他早就恨到了极点，常常指着太阳诅（zǔ）咒（zhòu）道："你这可恶的太阳，为什么不早死？假如你死去，我甘愿和你一同灭亡！"

// 伊尹的故事

这个不怕死的伊尹从前是干什么的呢,他是怎么做了夏桀的御膳官的呢?这还要从他的身世说起。

当时,在东方有个小国,叫有莘(shēn)国。有一天,一个姑娘提着篮子去桑林采桑,忽然,远处传来一阵婴儿的哭声。她赶紧循(xún)声找去,结果在一棵空心老桑树的肚子里发现一个胖娃娃,光着身子,摇手蹬(dēng)脚,正张着嘴巴在哇哇大哭。姑娘觉得奇怪,便把娃娃抱回去,后来献给了国君。国君便叫御膳房的厨师把娃娃带回去抚养,同时派人去查访孩子的来历。

不久,去查访的人回来禀(bǐng)告事情的原委:

原来,有一个女子住在伊水岸边,当时正身怀有孕。一天晚上,她梦见有神人告诉她说:"如果你家的舂(chōng)米臼(jiù)里出水了,你就赶紧向东边走,千万不要回头看。"

第二天,家里的舂米臼果然出水了,她赶紧把神人对自己说的话告诉了邻居们,要大家和她一起向东边走。邻居们有相信的,就跟着她走了,不信的就留在家里没动。她向东走了大约有十里路远,心里惦(diàn)念着家园和没走的邻居,忍不住回头一看——啊呀,只见家园已经淹没在一片白茫茫的大水里,汹涌的波涛正紧跟在大家身后,恶狠狠地向他们扑来。她吓得举起双手,正想呼喊，却不料还没等声音发出来，身体就变成了一株空心老桑树，站在大水的中央，挡住了激流，洪水就在她的跟前退去了。

过了些日子，那个采桑姑娘来采桑叶，才发现了这株空心老桑树肚子里的小孩。那些曾经和孩子的母亲一同逃避洪水的邻居们，都出来证实了这件事。于是，孩子就确定是空心老桑树的孩子了。因为孩子的母亲原来住在伊水岸边，这个孩子长大后又做了名叫"尹"的官，所以后人叫他"伊尹"。

伊尹在御膳房厨师的抚养下长大成人，后来也做了厨师，烧得一手好菜。而且他还努力自学，很有学问，因此，还兼任了宫廷教师，教国君的女儿读书。不久，成汤王去东方巡游，来到有莘国，听说有莘王的女儿美丽贤（xián）淑（shū），便想娶她做妻子。有莘王知道成汤王贤明，很高兴这门亲事，就把女儿嫁给了他，而伊尹则作为陪嫁仆从也跟着到了成汤王那里。教师的本领一时还用不上，厨师的手艺倒是可以用上。从此，伊尹就在御膳房里做事。他做的菜很合成汤王和宾客们的胃口，总是让大家交口称赞。

有一次，成汤王一时高兴，就召见了这个手艺高超的青年厨师。结果让成汤王很吃惊，伊尹从各种山珍海味的烹调说起，一直谈到治理国家的大事，口若悬河，滔滔不绝。成汤王觉得这个厨师真了不得，不仅厨艺好，还很有才学，就让他做了御膳官，不过并没有提拔他做更大的官。日子一久，伊尹便觉得不受重用，就离开了商国，前去投奔夏桀。

哪知来到夏桀这里，也还是做一个小小的御膳官，而且这个昏君的种种胡作非为，让人看了都心寒，老百姓也怨声载道，看来，继续待在这里完全是浪费时间。而此时，东方的商部落正一天天强盛起来，大家的心都向往着贤明的成汤王。伊尹仔细考虑了一番后，决定离开夏桀，仍旧回成汤王那里去。

成汤灭夏

说到成汤王，这里要讲讲他的故事。

成汤身高九尺，面孔白净，头发很浓密，相貌堂堂，气概（gài）不凡。他不但长相好，内心也很善良。

有一次，他去野外打猎，看见有一个人正在那里用网捕鸟，嘴里还念念有词："从天上落下来的，从地里钻出来的，从四面八方飞过来的，都进我的网里吧！"成汤说："哎呀，你这样可不行，飞鸟都会被你捕光的，除了夏桀，谁会这么干啊？"说完，就上前把那人的网打开了三面，只留一面捕鸟，嘴里还念念有词道："小鸟们啊，你们想往哪儿飞就往哪儿飞吧，可别自己找死，偏偏飞来撞进我的网里！"

那人很奇怪，这样怎么能捕到鸟呢？可是事后，他就慢慢明白了成汤的善良和仁慈。汉水以南很多小国的老百姓，听说了这件事后，知道成汤对鸟兽都这么仁慈，对人民就更不用说了。于是，大家纷纷前来投奔，一下子就有四十国之多。

再回过头说说夏桀这个昏君。此时，这家伙还根本没有意识到国家有多危险，老百姓有多恨他，还在那里继续胡作非为。有时为了寻刺激，他甚至把宫里养的老虎赶到热闹的大街上去，看着老百姓吓得四散奔逃，他哈哈大笑，觉得很好玩。大臣们都不敢上前劝谏（jiàn），要正赶上他心情不好，脑袋就得搬家。

后来，被夏桀定罪和杀头的人越来越多，成汤知道后，心里很难过，就派人去慰（wèi）问那些无辜（gū）被害者的家属。这时，有一个名叫"赵梁"的奸臣，向夏桀进谗（chán）言道："大王，成汤这家伙到处收买人心，他这是故意在拆大王您的台啊！您得想个办法把他骗来杀了，这样天下才能安定！"

夏桀听了赵梁的建议，就派人把成汤骗到了国都。等成汤一来，不由分说就将他关进监狱的水牢中。这个监狱名叫"夏台"，关押的全是国家的重犯。平时养尊处优的成汤，哪里吃过这种苦头，眼看就要死在监狱里面了。后来，他的随从赶紧用带来的金银财宝上下打点，请求夏桀饶了成汤，夏桀见钱眼开，收了这些金银财宝，心情一高兴，就把成汤放了。

不久，夏桀命令大将军扁带领大军攻打岷（mín）山。岷山是西南方的一个小国，哪里经得起夏朝大军的猛攻，不久就战败了，只好献出两个美女，乞求投降。两个美女一个名叫"琬（wǎn）"，一个名叫"琰（yǎn）"，夏桀得到她们后，非常宠爱，还把她们的名字刻在玉石上，不时拿出来看看。而他原来的宠妃妹喜，因为年老色衰（shuāi），早已被打入冷宫里无人搭理了。妹喜对夏桀恨得咬牙切齿，突然记起先前在宫中做过御膳官的伊尹，两人还有点熟悉，不如就请他帮忙，找个机会来报复这个忘恩负义的昏君。于是，妹喜就暗中派人去联系伊尹，把她从各方面探听到的国家机密，都告诉了伊尹。而伊尹这时已经受到成汤王的重用，做了商部落的宰相，正想帮助成汤王夺取天下，得到这些意外的情报，非常高兴。从此，伊尹就经常派人偷偷去问候妹喜，给她送礼物，然后通过她搜集情报，双方往来不断。

夏桀的淫乱和暴行，终于激起了全国人民的愤怒；上至大臣，

商

下至百姓，没有人不痛恨他的。眼看时机成熟，成汤便号令天下诸侯，历数了夏桀残害天下百姓的罪状，然后率领大军前去讨伐。大军向前进发，首先就灭掉了三个支持夏朝的诸侯国：韦（wéi）、顾和昆吾。

夏桀这时慌了手脚，一面派出不多的军队前去迎敌，一面又急时抱佛脚，赶紧用玉制的鼎装了大雁、天鹅等的肉羹，来祭（jì）祀（sì）天帝，希望上天保佑他打败敌人，保住江山。哪知才打了几仗，他的大将夏耕就被斩首了。

成汤的军队所向无敌，很快就逼近了夏朝的京城。这时，有一个大神奉了天帝的旨意，前来告诉成汤说："天帝命我来帮助你，如今，城里已经兵慌马乱，你赶紧带领军队攻城，我一定帮你打一个大胜仗。你只要看见城的西北角有大火燃烧起来，就朝那里进攻。"说完就不见了。成汤回想那神的模样，好像是人的脸、野兽的身体，有点儿像火神祝融。正在疑惑不定时，突然有人进来报告说："城西北角有大火燃烧起来了！"成汤走出大帐一看，果然，城西北角的上空火光一片，把漆黑的夜空映得像白天一样。成汤知道，这准是火神祝融在帮忙。于是，便下令全军攻城。没用多久，这座往日固若金汤的国都，就被成汤的大军攻破了。

夏桀慌忙带上他的几个宠妃，逃出混乱的国都，一直跑了好几百里，直向鸣条（在今天山西夏县）奔去。成汤选了七十辆最好的战车，带着六千名勇士，昼（zhòu）夜兼程追赶夏桀，一直追到鸣条。两军遭遇，夏桀的军队还没等交锋就崩溃了，人马自相践踏，死伤无数。夏桀只得带着残兵败将和一帮宠妃，驾着几条破船，划进一条神秘的河流，顺流南下，一直逃到了南巢（在今天安徽巢湖市）。

不久，沮（jǔ）丧至极的夏桀就郁闷地病死了。临死前，他还恨恨地向别人说："我真后悔当年没把成汤那小子杀死在夏台，以至于才有今天啊！"他哪里知道，天下人人恨他入骨，就算没有成汤，他的王朝迟早也会被人们推翻的。

纣王无道

成汤之后,商朝传了好多代君王,到了商朝末年,出了个昏君纣(zhòu)王。

传说纣王身材高大,仪表堂堂,勇猛无比,能够徒手和野兽搏斗,能将几条牛拉的车子倒拖着跑,还能把粗大的木头扛起来放到屋顶上去,将坏了的柱子卸下来换上新的。除此之外,他还聪明过人,说起话来滔滔不绝,口若悬河。结果,他做了很多坏事,别人本想劝他,反倒被他驳得哑口无言。纣王因此越发骄横,目中无人,手下的百官,没有一个他瞧得上眼的。最后,他干脆给自己取了一个封号,叫"天王"。

这位"天王",为了过穷奢极欲的生活,不惜拼命剥削老百姓。他驱使成千上万的奴隶,花了七年的时间,在京城朝(zhāo)歌(在今天河南淇县以北)修造了一座鹿台。这鹿台周围有三里,高有千尺,上面建了无数的亭台楼阁。登上鹿台放眼望去,云朵都好像在它的下面。后来,纣王用美玉装饰宫殿,把骏(jùn)马、名狗和从民间强抢来的美女放在宫里供自己淫乐。他还做了一件更荒唐的事:让人把美酒倒进池子里,把美味的肉悬挂在树上,整天就和一群奸邪无耻的王公贵族,听着下流的歌曲,跳着淫荡的舞蹈,男男女女光着身体,在酒池和肉林之中追逐嬉戏,狂欢作乐。

为了防止别人说他坏话，纣王还设计了一种酷刑，叫"炮（páo）格"。（此处用词已经过作者考证。——编者注）就是把铜柱子涂了油，横放在通红的炭（tàn）火上烤，然后叫犯了罪的人光脚在上面行走。铜柱子又烫又滑，人往往走不了几步，就会掉到炭火里被活活烧死。纣王和他的宠臣、爱妃们见了，都哈哈大笑，觉得真是刺激好玩。

纣王生性残暴，不管是一时不高兴，还是一时高兴，他都会杀人。比如有一次，他的厨师做的熊掌，可能口味稍微差了点儿，就被直接拖出去杀了。

还有一天早晨，纣王站在鹿台上闲逛，偶然看见朝歌城外的淇（qí）水边，有一个穷困的老人光着脚，想要蹚（tāng）水过河，却在那里有些犹豫。纣王问左右的随从这是怎么回事，随从们回答说："可能老年人骨髓不实，早晨怕冷，所以表现出这般模样。"纣王忽然很好奇，立刻命令手下那帮凶狠的卫士去把老人捉来，不由分说，就在眼前用斧子砍下了老人的双脚，要看看他骨头里的骨髓是不是实在的。那场面鲜血淋漓，残忍至极，随从们都不忍心看。

纣王的叔父比干为人正直，见纣王这么荒淫无道，就常常劝他，结果惹得纣王很不高兴。有一天，他对比干说："我听说圣人的心脏有七个孔窍（qiào），我倒要看看是不是真的！"说完，就叫人把比干推出去，残忍地挖出他的心脏，来检验是不是真有七个孔窍。

大臣九侯有一个女儿，美丽而又贤淑，纣王把她强娶过来做了自己的妃子。可是，这个姑娘为人正派，不喜欢淫乐，纣王一怒之下就把她杀了，还连带杀了她的父亲，并把他剁成肉酱。当纣王要杀九侯父女时，另一个大臣鄂（è）侯站出来，要求纣王放了这父女俩。结果惹得这个残暴的家伙大发雷霆，把鄂侯也杀了，并把他身上的肉一片片割下来做成肉干。

　　这个无道的昏君就是这么凶狠残暴，吓得所有人都对他敢怒不敢言。

西伯被囚

纣王昏庸无道，接连杀了九侯和鄂侯，西伯姬（jī）昌听说后，忍不住叹了几口气，不料，被一个名叫"崇侯虎"的奸臣听到了，就跑去向纣王告密说："那西伯姬昌，喜欢假装好人，收买人心，好多诸侯都向着他。这回听说大王您杀了九侯和鄂侯，他又在那里装模作样唉声叹气，怕是对您不利呢！"纣王一听大怒，便马上叫人去把西伯抓来，囚禁在羑（yǒu）里。

羑里是商朝最可怕的监狱，开凿在深深的地下，是一个巨大的地下魔窟。这里的每间狱室都只在屋顶挖一个小孔做窗子，关在里面的人，就算生有翅膀，也休想飞出去。

西伯被囚禁在羑里，他的四个大臣：太颠（diān）、闳（hóng）夭、散宜生和南宫适（kuò）（后来号称"文王四友"），听到这个消息后，都非常着急，赶紧跑到羑里去看望西伯。经过重重关卡，终于在阴森可怕的监狱里和西伯见了面。可是，旁边有虎视眈（dān）眈的狱卒监视着，他们想说的话都不敢说，只好谈些无关紧要的闲话。眼看预定的见面时间就快完了，聪明的西伯，赶紧向他的朋友们做了几个暗示。他先挤挤右眼，那意思是说：纣王很好色，得找一些美女来献给他。又用弓把敲敲自己的肚子，那意思是说：纣王喜欢金银财宝，也得准备一些来献给他。最后又用两脚在地上急急地踩踏，意思是说：要快！迟了我恐怕性命难保。西伯做完这些暗示，他的朋友们都懂了，就赶忙回去准备一切。

当时，西伯的大儿子伯邑（yì）考是纣王的车夫。古时候做天子的，怕手下的诸侯造反，总是命令诸侯把儿子送到京城来做人质，以防万一，伯邑考就因此被安排给纣王驾车。可残暴的纣王为了试探西伯是否真有造反的念头，就下令把伯邑考丢进大汤锅里活活煮死，然后叫人把肉汤送去给西伯喝。纣王还笑着向左右近臣说："据说西伯是圣人，我敢打赌，他肯定不会吃自己儿子的肉！"可是，使者回来报告说："西伯喝了，老老实实地喝了一大碗，一点儿也不怀疑。"这件事让纣王非常开心，见人就说："谁说西伯是圣人，吃了自己儿子的肉还不知道！啊呸（pēi），狗屁！狗屁！"从此，他就觉得西伯只不过是个老傻瓜，也就放松了警惕。

闳夭、散宜生等人回去后，就到处搜罗美女和宝物。最终，在有莘国找到了一个大美女，还在犬戎（róng）国寻到了一匹文马，这马身体五彩斑斓，鬣毛像火焰一般通红，眼睛像黄金，脖子像鸡的尾巴，名叫"鸡斯之乘"，据说骑上它，寿命可以活到一千岁。还在林氏国找到一只极稀罕的野兽，看上去像老虎那样，只是尾巴有身体的三倍长，也是全身五彩斑斓，名叫"驺（zōu）吾（yú）"，骑上它一天可以行走上千里。此外，还从各地找来许多奇珍异宝，如黑色的美玉，巨大的贝壳，各种各样的野兽皮等等，准备齐全后，几人就赶紧来到商朝的国都朝歌。他们先是买通了纣王的宠臣费仲（zhòng），请费仲前去向纣王说情，然后献上了美女和宝物。贪财好色的纣王，坐在大殿中央，看着面前的美女、异兽，还有金银财宝，非常高兴。他盯着美女看了又看，果然美丽无双，禁不住指着她嬉（xī）皮笑脸地说："只需要这一样就够放西伯了，哪还要这么多的好东西啊，哈哈，哈哈！"

西伯终于被释放出来，回到他的国家去了。他这一去就像是蛟龙归了大海，老虎回到深山。后来，在他的治理下，周国一天天强大起来。

文王访贤

西伯（后来被称为周文王）自从被释放回来后，每当想到大儿子伯邑考的惨死，昏王纣的残暴，天下百姓所遭受的苦难，就吃不下饭睡不着觉。他决心把国家治理好，把诸侯们暗中联合起来，只等时机一到，便兴师问罪，为儿子报仇，为天下除害！

西伯的身材瘦瘦高高的，皮肤黑黝黝的，表情总是很严肃，双眼看起来有些近视，显出几分读书人的忧郁。他虽然有太颠、闳夭、散宜生、南宫适等这样的贤人做大臣，可还是缺少一位文武双全的大贤士来辅助自己。于是，他时常留心寻访这样的大贤士。

有一次，西伯在睡觉时，梦见天帝领着一个头发、胡子雪白的老人，对他说道："姬昌，我赐给你一个好老师和好帮手吧，他的名字叫望。"说完就让这个老人走上前来，西伯赶紧倒身下拜，那个老人也一样倒身下拜。梦就醒了。这梦真是奇怪呀！现实中，西伯好像也听人说过，是有这么一个大贤士，就住在他的国家，但不知道这人究竟姓什么叫什么，住在哪里？因此，他就常常带着随从，名义上是出去打猎，实际上是到处寻访，希望遇到这位他朝思暮想的大贤士。

有一次，他又出去打猎，出发前叫太史替他卜了一卦，太史仔细看了卦象以后，说道："恭喜大王！您今天到渭水边上去打猎，会有很大的收获。那是什么呢？既不是蛟龙，也不是虎豹，而是会遇上一位贤人，那可是上天赐给您的好帮手啊！"

西伯听了满心欢喜，遵照这个指示，带领着大队人马，一直来到渭水的支流磻（pán）溪（在今天陕西宝鸡市东南）。在茂密的树林深处，一汪碧绿的水潭边，只见一位头发、胡子雪白的老人，坐在一束白茅草上，戴着竹斗笠（lì），穿着青布衣服，安安静静地在那里钓鱼。车马的喧（xuān）嚣（xiāo）和人声的嘈（cáo）杂，好像并没有打扰到他。西伯眼睛有些近视，坐在车上，仔细看了好半天，终于看清了：这个老人的模样和风度，与自己梦中见过的那位站在天帝身后的老人太像了。西伯赶紧跳下车来，恭（gōng）恭敬敬走到老人身边，和他打招呼。老人不慌不忙地站了起来，从容地向西伯一拱手表示回礼。两人站在那里没谈上几句，西伯就感到满心欢喜，觉得这位老人正是自己日思夜想的大贤士，就诚恳地向他说道：

"老先生，我父亲在世时，曾经对我说：'不久以后，准会有圣人到我们这里来，我们周国将会因此兴旺发达。'您不就是这样的圣人吗？我们可是日夜盼望早一天见到您啊！"

说完，就请老人坐上为他特别准备的马车，西伯亲自驾车，一同回到京城去。一回去，西伯就拜老人做了国师，称他"太公望"。因为这位老人姓姜，后世人便称他"姜太公。"

西伯遇到姜太公后，还发生了下面这个小故事。

刚开始，西伯对姜太公的才能还是有点儿不放心，便派他到灌坛这个地方去做了个小官，想看看他能治理得怎样。一年以后，姜太公就把那地方治理得井井有条，连风都变得识趣，再也不乱刮了。

一天晚上，西伯梦见一个非常美丽的女人，拦住他的去路痛哭。西伯问她为什么哭，她说："我是泰山山神的女儿，嫁给东海海神做妻子，现在要回家去，却被灌坛这里的长官挡住了我的归路。因为我一出行就会伴随狂风暴雨，如果真的有狂风暴雨，我怕坏了那位长官的好名声，但如果不发起狂风暴雨呢，我又经过不了那里，回不了家。这该怎么办啊？求您帮帮我！"西伯醒来后，觉得很奇怪，就把姜太公召来，问他究竟是怎么回事。就在这时，有人前来报告说，"昨天，有一阵很大的风和雨，从姜太公管辖（xiá）的灌坛边境上经过。"西伯这才相信了这个梦，也终于知道姜太公把灌坛治理得有多好，连神仙都佩服，不忍坏了他的好名声，可见他的才能有多高。

于是，西伯直接提拔姜太公做了大司马。

武王伐纣

西伯得到姜太公的辅佐,国家治理得井井有条,国力也一天天强盛起来。

不久,西伯率军把附近的几个小国吞并了,把都城从岐(qí)下(在今天陕西岐山县以北)迁到了丰(在今天陕西鄠县以东)。这一迁都,使周民族的国土范围向东扩张了好几百里,一步步逼近纣王的都城朝歌。有人把这事告诉了纣王,糊涂的纣王说道:"我做天子是上天的安排,小小的西伯又能把我怎样?"照常饮酒作乐,完全不理会这事。

迁都以后不久,西伯就病死了,他的次子姬发(就是后来的周武王)继位做了国君。姜太公仍然做国师。姬发的眼睛有点儿近视,牙齿是骈(pián)生的(就是在原来的牙齿里面,又长了一圈内牙),据说这样的人性格一般都很刚强。

即位后不久,姬发就想召集天下诸侯,兴兵讨伐纣王,姜太公非常赞同。出兵前,专门请太史卜了一卦,结果却是大凶。文武百官开始犹豫起来,姜太公忽然从人群中走出来,卷起衣袖,一把将卜卦用的龟壳和蓍(shī)草从神案上扫了下来,愤愤地一脚踩碎了那龟壳,大声说道:"枯骨死草,能够知道什么吉凶!出兵,出兵!不要为了这些鬼东西妨碍(ài)我们做正事!"姬发一见姜太公这种勇气，自己也精神大振，马上下令发兵。文武百官见国君和太师都无所畏惧，顿时也振奋起来，二话不说，就各自赶回军营去准备一切。

那时，西伯虽然死了，但还没安葬，姬发叫人装扮成父亲的模样，坐在战车上面，用西伯的名义号召天下诸侯，共同讨伐无道的纣王，天下诸侯纷纷响应。就在这时，伯夷（yí）、叔齐两弟兄却跑来劝阻发兵，和姬发闹了一点别扭。

伯夷、叔齐本是孤竹国国君的儿子，父亲孤竹君死后，这弟兄俩都不想当国君，互相推让王位，结果两人一齐跑到了国外。听说西伯很优待老年人，就前来投奔。哪知刚到周国，西伯死了，可姬发不等安葬父亲，就带兵讨伐纣王。这在两人看来很不符合礼仪，便在姬发出兵这天，跑去拦住姬发的马头劝阻，指责他不仁不孝。姬发左右的卫士听了火冒三丈，就想杀了这两个"老疯子"。姜太公赶忙喝住卫士，说道："让他们去吧，他们也都是好人啊！"便派人将伯夷和叔齐搀（chān）扶走了。

姬发率领大军朝东进发，几乎是所向无敌。眼看就要渡过黄河，哪知遇上天气变化，连日阴雨，最后竟然下起了大雪，积雪有一丈多深，大军只好暂时驻扎下来。

一天早晨，不知道从哪里来了五辆马车，里面坐着五个人，后面跟着两个骑着高头大马的骑士，停在军营门外，说有使者前来拜见大王。姬发以为又是一些小国诸侯的使者，打算暂时不接见。姜太公从门里向外面看了一下，说："不行，大王得见见他们。您看外面雪下了一丈多深,他们的车马走过的地方却没有痕迹，这几个人的来历恐怕很不寻常！"姬发一看，果然如此，不禁很是诧（chà）异，可要接见他们，又不知道他们到底是些什么人。正在犹豫时，姜太公想出了一条妙计。

周

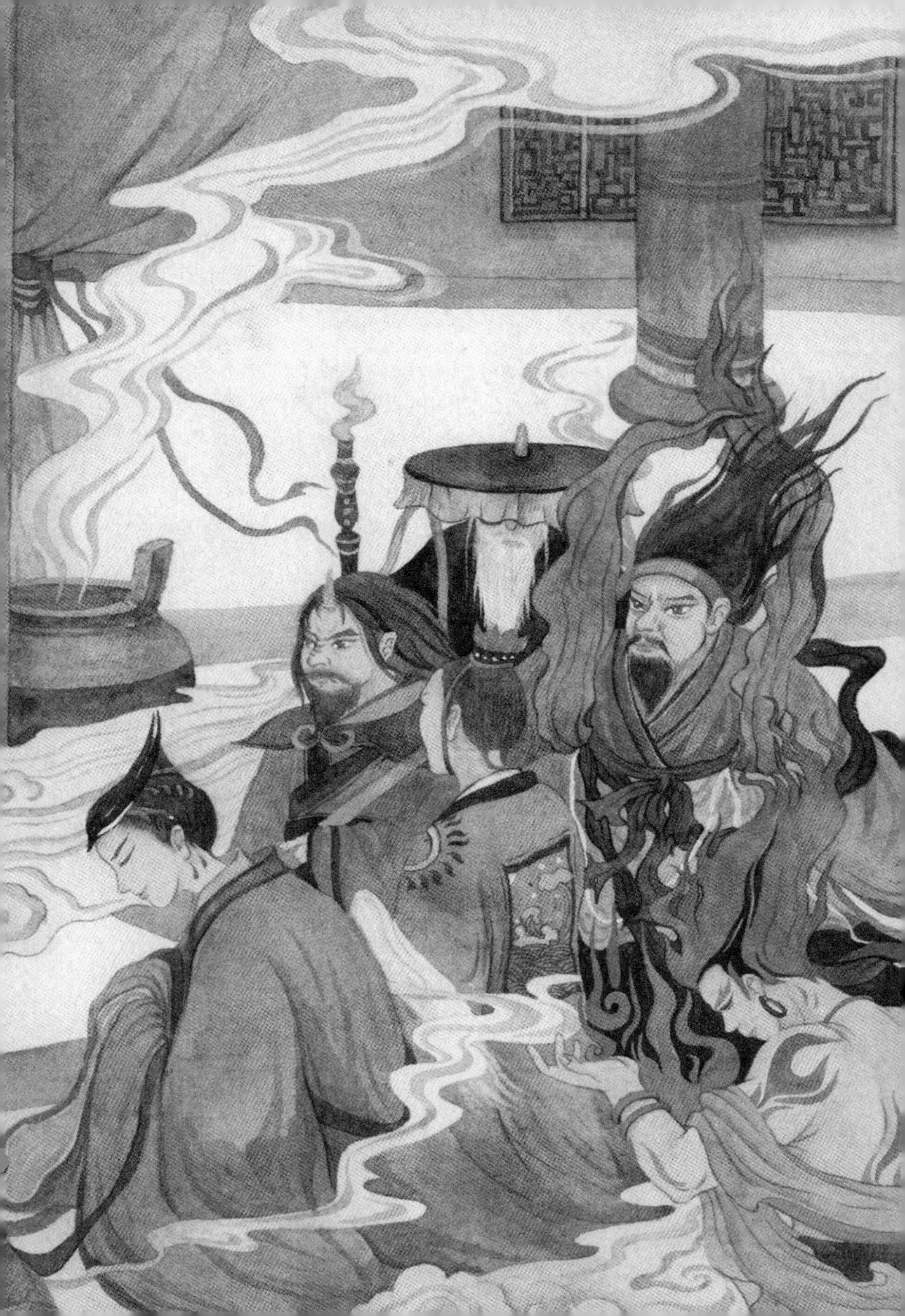

他立刻派一个随从，端了一大碗热气腾腾的粥，送到几位来客面前，向他们道歉说："大王有要紧公事正在处理，一时还不能出来见各位先生，天气寒冷，请几位先生先喝碗热粥驱驱寒气吧。可不知道论尊卑，该先从哪位起？"骑在马上的两个骑士就上前介绍说："先给这位南海君，其次给东海君、西海君、北海君、河伯，最后请给我们俩，我们是风伯和雨师。"随从把热粥分送完毕后，就回来告诉了姜太公，姜太公便向姬发说："现在可以接见了。原来他们是四海的海神和河伯、风伯、雨师。南海的海神叫'祝融'，东海的海神叫'句（gōu）芒'，北海的海神叫'元冥'（也就是禺强），西海的海神叫'蓐（rù）收'，河伯叫'冯（píng）夷'，风伯叫'飞廉（lián）'，雨师叫'萍号'。可以让门官依着顺序传呼名字召见他们。"

姬发于是坐在中军帐里召见来客，门官依次传呼几位神仙的名字，请他们进帐相见。这几位神仙听到后都很惊讶，心想：姬发是何等英明，还没见面就已经知道是我们了！不由得赶紧进帐前来拜见。姬发一一还礼后，对他们说："各位大神远道而来，有什么要指教在下的吗？"神仙们都说："上天要兴周灭商，我们是来接受大王差遣（qiǎn）的，愿为您效劳！"姬发和姜太公听了非常高兴，便把他们安顿在大军中听候调遣。

等到天气转晴，姬发便率领大军，连夜从孟津渡口渡过黄河，迅速逼近了纣王的都城朝歌，在朝歌以南三十里的牧野安下营寨。第二天，天刚蒙蒙亮，姬发就在牧野率领着八百诸侯摆开阵势。纣王听说姬发的大军到了，只得亲自统率兵马前来迎敌。在牧野战场上，双方的士兵和战车刀光闪闪，杀气腾腾。还没开战，天空中就有无数鸷鸟在那里盘旋，从它们饥饿的喉咙里发出可怕的鸣叫声，预示着这里将有一场伏尸流血的恶战。

姬发的军队是正义之师，战士们为天下百姓讨伐暴君，全都视死如归，毫不畏惧。可纣王的军队就不一样了，他们多半是临时组织起来的可怜奴隶，只因纣王的兵力不足，便强迫他们前来送死，他们眼见昏王的末日就要到了，哪里还想替他卖命。就在这时，姬发左手举起金色大板斧，右手紧握悬挂着一条白牦（máo）牛尾巴的竹竿，向全军发出了进攻的号令，霎时间，喊杀声震天，战士们如万马奔腾一般冲了上去。纣王的军队哪见过这样的阵势，随便抵挡了几下，就土崩瓦解了。虽然纣王还在土坡上拼命擂鼓，声嘶力竭地呼喊着，可已经止不住奴隶们的溃退了。他们不但溃退，并且还高举着刀枪，掉过头来冲向纣王，都想杀死这个无道的昏君。这场战争，还没等到四海海神、风伯、雨师等天神帮忙，胜败就已经很分明了。

纣王见大势已去，赶紧逃回都城，登上鹿台，把早就准备好的挂满珠玉的衣服穿上，一把火点燃宫殿，把自己烧死在那里了。在他的内衣里面，缝着五枚价值连城的美玉，名叫"天智玉琰"，其他普通的珠玉都在这场大火中烧毁了，唯独这五枚玉没有烧毁，并且还保护着纣王的尸体没有烧焦。也有人说，纣王是在鹿台的柏树林里上吊死的，他的两个宠妃也和他一齐上吊死了。还有人说，都城被攻破以后，纣王还想抵抗，可是，连他的随从都不愿意帮他，他单独打了一会儿，结果体力不支，被杀身亡了。总之，不管怎样，这个残害老百姓的暴君死了。姬发用板斧砍下纣王的头，悬挂在大白旗的杆顶示众。

那传说中纣王的宠妃妲（dá）已呢？妲己本来是诸侯有苏氏的女儿，由于有苏氏反对纣王的暴政，纣王派兵讨伐有苏，就把妲己当作奴隶俘虏过来了。后来，她的聪明和美貌赢（yíng）得了纣王的宠爱，纣王为了讨好她，不惜剥削老百姓来供她享乐。于是，在很多人眼里，妲己就是祸国殃民的根源，这其实是不公平的。即使没有妲己，荒淫残暴的纣王也会宠幸其他女人的。

　　最终，妲己也和纣王其他的宠妃一样，上吊自杀了。后来被砍下头来，与纣王的头一同被悬挂在旗杆顶示众。

周秦余音

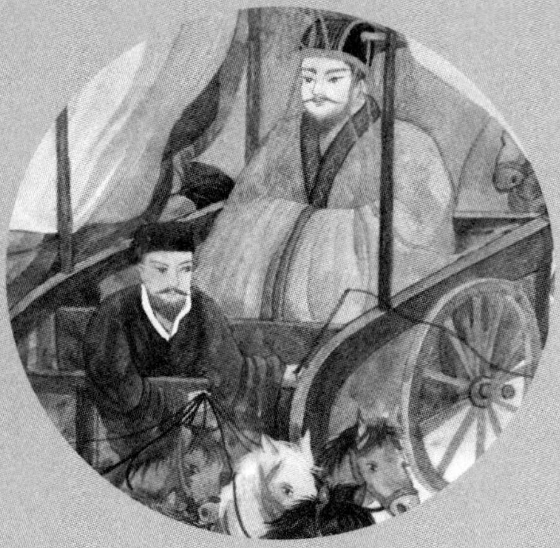

不食周粟

姬发率军灭了商朝后,建立了周朝,号称周武王,并追尊父亲西伯为周文王。伯夷和叔齐听说后,以吃周朝的粮食为耻辱,便跑到首阳山去隐居起来,每天只采摘一种叫"薇(wēi)"的野菜来充饥。

有一天,他们正在那里采薇,却遇见一个女人,上前问他们:"我听说你们两位都是贤人,发誓不再吃周朝的粮食,那好吧,这野菜其实也是周朝的野菜,你们为什么又吃呢?"问得两人哑(yǎ)口无言。他们虽然心里很难过,但觉得这不过是山野妇女的无知蠢话,所以没太在意。

没过多久,从山下又来了一个名叫"王摩(mó)子"的人,这个人很有学问,也用相同的话问他们说:"两位不是发誓不吃周朝的粮食吗?却又怎么隐居在周朝的山上,吃周朝的野菜呢?"二人无话可说,非常伤心,只好决定连薇也不采了,直接饿死算了。

就这样一连饿了七天,眼看就要饿死了。天帝见他俩这样有志气,动了怜悯(mǐn)之心,特地派了一只白鹿去喂他们奶吃。垂死的两人吃到鹿奶后,身体才慢慢恢复了过来。这样又过了好几天。有一天,当他们正半跪在地上津津有味地喝鹿奶时,弟兄俩不约而同地起了一个坏念头:"这鹿多么肥壮,鹿肉吃起来味道一定很不错……"刚这么想时，神鹿就已经知道了他俩的心思。因为害怕遭毒手，从这一次喂完奶之后，神鹿就再也不肯来了。

　　两人既不肯吃周朝的任何食物，又没有别的东西可吃，最后，只能活活饿死在首阳山上了。

穆王西巡

周武王之后，王位又传了好多代，到了周穆（mù）王继承王位时，周王朝已经开始衰落了。周穆王不理国政，喜欢玩乐，最爱到处巡（xún）游。

有一天，从西方一个非常遥远的国家来了个变戏法的人，名叫"化人"。这人本领很大，能跳进火里毫发不伤，站在半空中不掉下来，还可以随便穿墙进屋，把一座城市从东方搬到西方等等。这套本领把穆王都看呆了，觉得他简直就是天神下凡。穆王热情地招待他，还送给他金银珠宝、房子、美食、美女等等。可化人很古怪，他觉得这些东西一点儿也不好，全都不要。

化人对穆王说："大王，我想邀请您到我的宫殿里去玩玩。"说完，他让穆王拉着他的衣袖，一下子就好像飞了起来，到了半天云里才停下来。然后，化人领着穆王，参观了他居住的宫殿（diàn）。这里金碧辉煌，到处都装饰着珍珠和美玉。穆王在这里受到的招待，不管是眼睛看到的，耳朵听到的，还是嘴巴尝到的，都不是人间所能有的。穆王再想想自己的宫殿，那些吃的、住的、玩的，简直差得没法说了。后来，化人又请穆王来到一个奇怪的地方，这里没有别的东西，只看见各种各样美丽的光影和色彩，把眼睛都看花了，还有各种各样无比动听的音乐，把心都听得迷乱了。穆

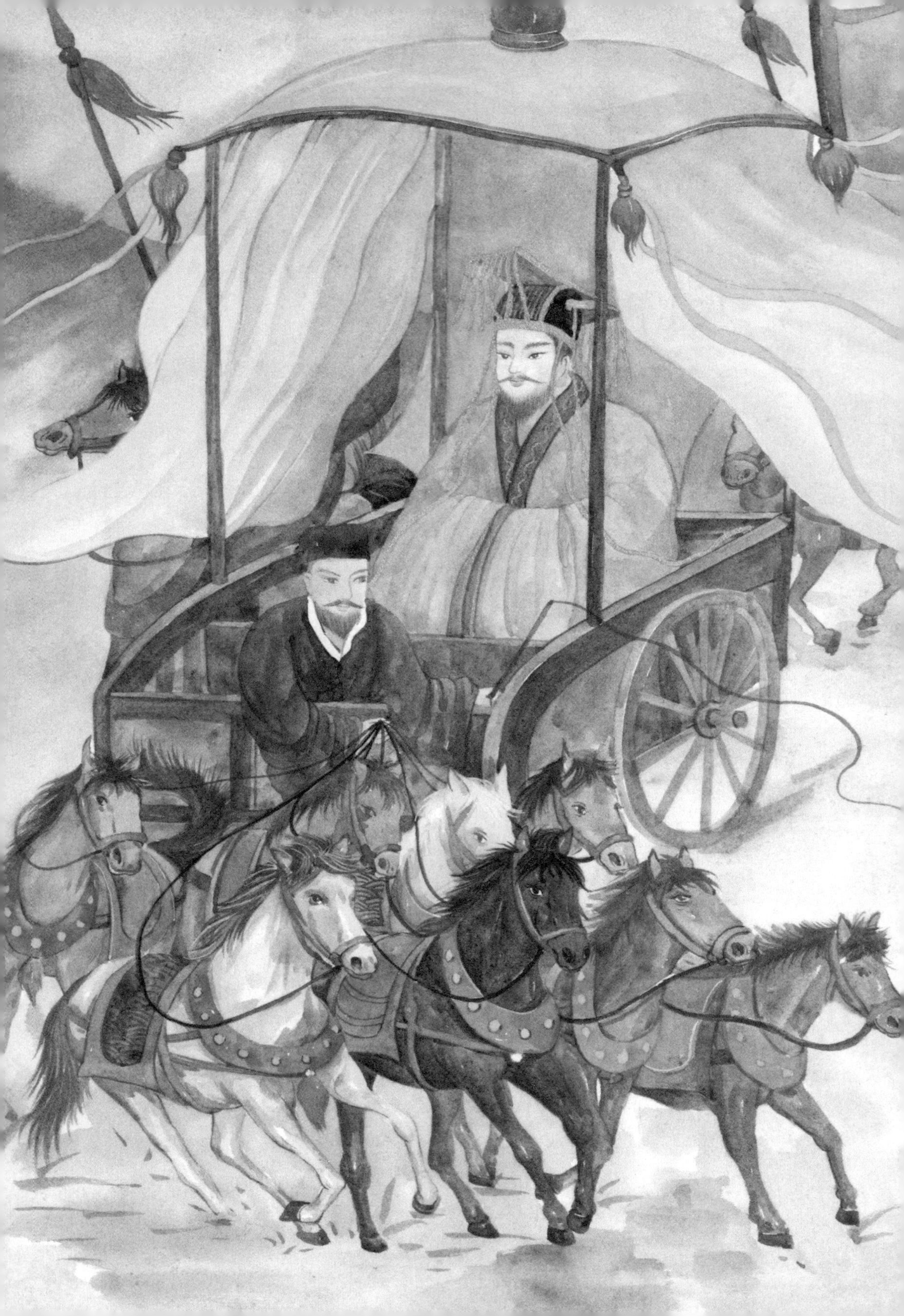

王不敢久留,就请化人赶紧带他回去。化人用手轻轻推了一下穆王,穆王顿时感觉自己从半空中坠落了下来,一下子就醒了。

睁开眼睛一看,穆王发现自己好端端地坐在宝座上,左右的侍从还是那些人,桌案上刚倒的酒还没澄(chéng)清,才端上来的菜还冒着热气呢。他赶紧问左右的人:"我刚才去哪里啦?"左右的人答道:"大王并没有去哪里呀,只不过迷迷糊糊打了一个盹(dǔn)而已。"这时,站在旁边的化人也说:"我只不过是陪大王神游了一遭,实际上,您的身体哪里动过呢!"这一来,便惹得穆王游兴大发,心想:连神游都这么有趣,要真到各地去游玩,那岂不是有趣得多!于是,连国事也懒得管了,决心要驾着他那辆八匹宝马拉的车子,去周游天下。

说到穆王的这八匹宝马,它们还各有自己的名字呢,分别叫:骅(huá)骝(liú)、绿耳、赤骥(jì)、白牺、渠黄、逾(yú)轮、盗骊(lí)、山子。这些马奔跑起来,有的能脚不沾地,有的比飞鸟还快,有的一晚上能跑上万里,还有的背上生有翅膀,能在天空中飞行,总之,都非常神奇。

穆王要去巡游天下,就让驾车和养马大师造父替他驾车,再带上少数随从,选了个好日子,启程动身了。路线先从北方开始,然后慢慢转向西方。他先是到阳纡(yū)山见过水神河伯,然后又上了昆仑山游览黄帝的宫殿,接着又到赤鸟族接受了赤鸟人献上的美女,还到黑水封赏了热情接待他的长臂国人……等所有这些地方都巡游过后,八匹宝马拉着穆王一直奔向大地的最西边,来到了太阳落山的崦嵫山。在这里,穆王终于见到了他仰慕已久的大神西王母。

穆王手里拿着白色的圭(guī),黑色的璧(bì)玉,献给西王母,又献上了一些彩色的丝带,西王母都高高兴兴地接受了。

第二天，穆王在瑶池摆下酒宴，款待西王母。本来，怪神西王母从前是头发蓬乱，豹尾虎齿，一副很野蛮的样子，可自从后羿向他求不死之药后，又过去了一千多年，他也慢慢变得文雅有礼了。

在酒宴上，西王母居然为穆王吟了一首诗，穆王一高兴，也吟诗回应他。他们两个一唱一和，感觉很尽兴。酒宴完了之后，穆王驾着车子登上了崦嵫山的山顶，在那里叫人立了一块石碑，上刻几个大字——"西王母之山"。穆王还在石碑旁亲自栽了一棵槐树作为纪念。临别时，西王母又吟诗一首，表达惜别之情，他们这才互道珍重，依依不舍地分别了。

烽火戏诸侯

穆王之后又过了好几代，到了幽王继承王位时，周朝已经衰败不堪了。

可是，幽王宠信的大臣尹氏，在朝廷里专权，把国事搞得一塌糊涂，大家敢怒不敢言。由于奸臣当朝，民不聊生，各种怪事不断出现，预示着天下将要大乱。

有一年，泾（jīng）水、渭水、洛水三条河，一夜之间突然都干涸了。不久，周民族的发祥地岐山突然崩塌了。后来，好端端的牛忽然变成大老虎，一群羊也忽然变成了一群狼。老百姓不得不在洛水的南岸筑起一座避狼城，来躲避这些吃人的猛兽。

可是，幽王对此视而不见，继续过着穷奢极欲的生活。

有一天，好色的幽王到后宫闲逛（guàng），偶然发现了一个名叫褒（bāo）姒（sì）的宫女，一下子就被她的美貌吸引住了。从此，褒姒平步青云，成了幽王最宠爱的妃子。

不久，幽王就让褒姒做了王后，后来还废掉了长子的太子之位，立褒姒生的小儿子为太子。按理说，褒姒应该非常高兴才对，可不知道为什么，她脸上总是带着淡淡的忧伤，从不开口笑，甚至连微微一笑都没有。幽王始终不明白，美人为什么总是那么忧伤？为了逗褒姒一笑，幽王想尽了各种办法，结果总是白费力气。后来，他突然想到了一个自以为最好的办法。

一天，幽王带着褒姒登上一座高高的烽火台，然后命人点燃烽火，并"咚咚咚"地擂起了战鼓。这一下可不得了，四方八面的烽火台一看到这里的烽火点燃了，赶紧相继燃起烽火，擂响战鼓。

这烽火台，本叫"烽燧台"：白天点的是燧，又叫狼烟，是用狼粪烧出来的烟，这种烟即使在大风里也能笔直往上升，老远就可以望见；晚上点的才是烽火，是在铁笼子里面装满柴草，一有紧急事情就点燃它，便成了一支巨大的火把。从京城到边关，每条交通要道上都建了这种烽燧台，台上专门派人守望，一旦望见远处的烽燧台上点起了狼烟或烽火，就立即点燃自己台上的。就这样，如果边关告急，消息很快就能从边关传到京城；如果京城遭难（nàn），消息也能很快从京城传到边关。这可是关系到国家生死存亡的军事设施，可愚蠢的幽王却用它来开玩笑。

天下烽火四起，各路诸侯一看是从京城传来的，不知道那里发生了什么大事，都急急忙忙点齐了兵马赶来救援。可是一到京城，才发现什么事也没有，于是，人人都带着失望和愤怒，垂头丧气地打算回去。可是，来的人太多了，路又太窄，结果人马混杂，旌（jīng）旗散乱，车辆撞来撞去，有的发脾气，有的大声吼叫，有的不停埋怨着、嘀咕着。这边的几支队伍正挤成一堆，互不相让，那边又来了一支队伍，加入了拥挤的战团，结果闹得人仰马翻的。还有一些跑来侦察情况的小兵，骑在马上，在树林里左躲右闪，探头缩脑地四处张望，模样非常滑稽……

站在高高的烽火台上，看着眼前的景象，褒姒被逗得哈哈大笑起来。愚蠢的幽王终于见到美人开怀大笑了，心里也快活得像吃了蜜糖似的，看来，今天这个办法是用对了。从此，每逢幽王

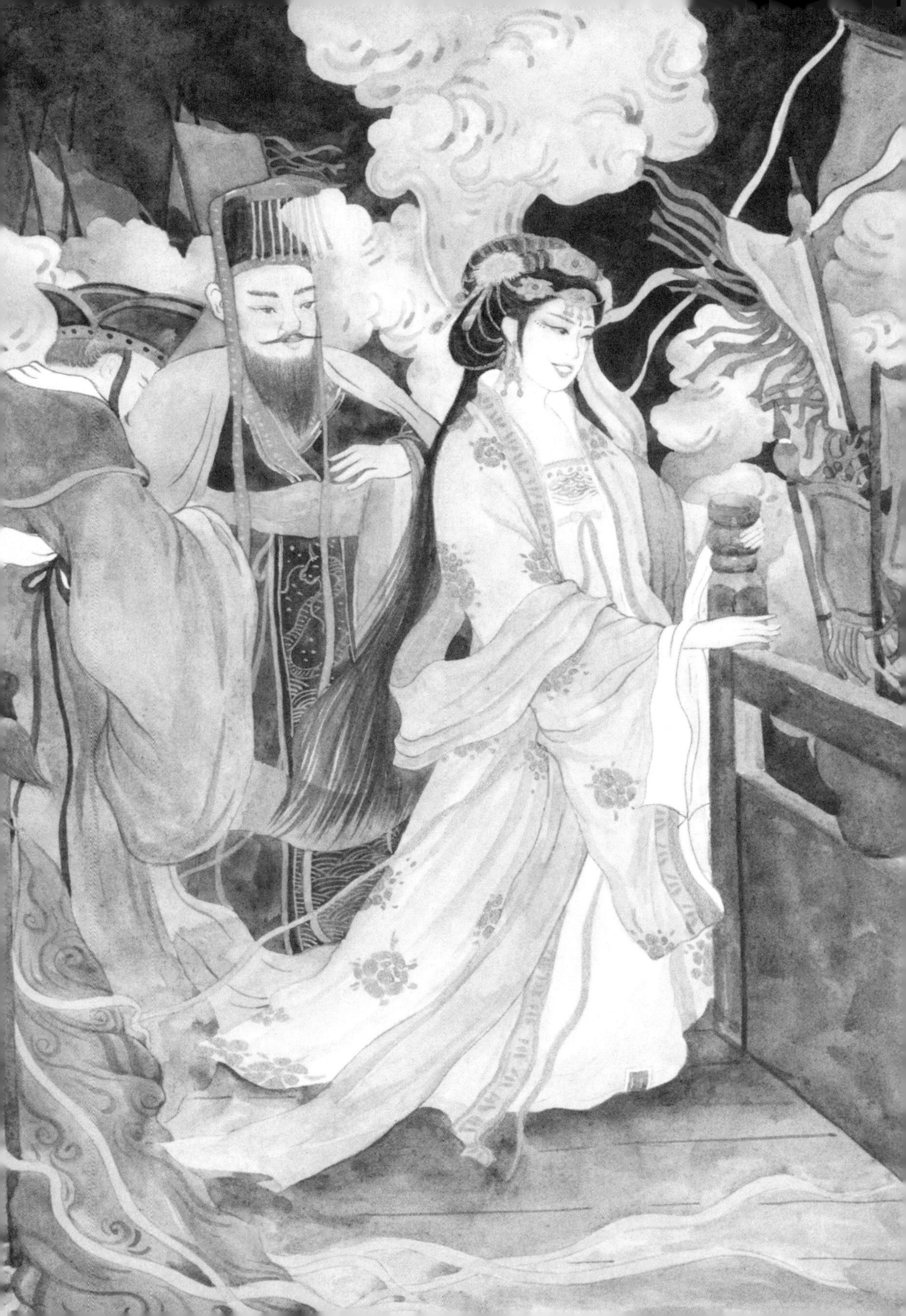

要想逗褒姒发笑，就命人到烽火台上去点燃烽火。可是，上当受骗的诸侯一次比一次来得少了，褒姒的笑也一次比一次轻了。

终于有一天，幽王的恶作剧得到了重重的惩罚。

原来，幽王的王后本是申后，她的父亲申侯，是一个很有势力的诸侯，幽王无理地废掉申后，又把大儿子宜臼赶走了，这让申侯非常愤怒。所以，申侯便趁着这个机会，联合缯（zēng）、西夷、犬戎等几个少数民族，突然率军攻打京城。幽王吓得心惊胆战，连忙派人去点燃烽火搬救兵，哪知各路诸侯一次次被他戏耍后，以为这次又是一样，所以谁都没来。幽王等不来援兵，只得带着褒姒往东逃跑，结果被杀死在骊山（在今天陕西临潼〔tóng〕县东南）脚下，褒姒也被犬戎族的士兵俘虏走了。

后来，各路诸侯在申侯的带领下，拥戴原来的太子宜臼做了国君，就是周平王。平王为了躲避少数民族犬戎的骚（sāo）扰，就把都城迁到东方的洛邑（即今天河南洛阳）去，历史上称为东周。从此，周朝就越发衰败，名存实亡了。

古蜀国君

在中原大地正先后经历夏、商、周几个王朝时,在今天的四川一带,有一个与世隔绝的古蜀(shǔ)国,这里的国王名叫"蚕丛",他带领百姓种桑养蚕,过着世外桃源般的生活。

古时候,四川的养蚕业很发达,百姓的生活也很简单,大家不固定住在哪里,而是随着他们的国王蚕丛到处迁移,蚕丛搬到哪里,那里马上就成了热闹的养蚕集市。

据说蚕丛的眼睛生得很特别,是向上直竖着的,他同族的人也都是这副模样。蚕丛死后,人们用石棺(guān)埋葬了他,后来,很多人都纷纷仿效,死后用石棺埋葬。这种用石棺埋葬的坟,就叫"纵目人冢(zhǒng)"。

蚕丛之后的国王名叫"柏灌",再之后的国王名叫"鱼凫(fú)"。鱼凫开始把国都建立在瞿(qú)上(在今天四川双流县),后来迁都到郫(pí)(在今天四川郫县)。许多年后,鱼凫王在湔(jiān)山(在今天四川灌县)打猎时,得道成仙飞升而去。

此后又不知道过了多少年,有一年,忽然有一个名叫"杜宇"的男子,从天上降落下来,落在朱提(在今天四川宜宾县西南)这个地方。奇怪的是,同时有一个名叫"利"的女子,从江边的井水里涌现出来。于是,这两个奇人便结成了夫妻。杜宇自立为蜀王,号称"望帝",仍旧以郫这里作为国都。

望帝杜宇是一位仁爱的好国君,很关心百姓的生产和生活,经常教大家种庄稼,叮嘱他们要抓紧农时,不要耽误了生产。可当时,蜀国常常闹水灾,望帝虽然关心百姓,但总想不出治水的好办法来。

望帝化鸟

有一年，蜀国河水泛滥（làn），从江水里漂来一具男人的尸首。

可让人奇怪的是：这尸首不是从上游顺流而下，而是从下游逆着流水的方向漂上来的，人们一时好奇，便把他打捞了起来。奇怪的事情发生了：刚一打捞起来，尸首就立刻复活了。他自称是下游楚国人，名叫"鳖（biē）灵"，不知怎么回事，一个不小心，失足落水，便从楚国一直漂到了这里。

望帝杜宇听说江水送来了个怪人，心里暗暗称奇，便叫人把他带来见一见。哪知两人一见面，就谈得非常投机。望帝觉得鳖灵这人不仅聪明，而且还很懂水性，在时常发生水灾的蜀国，非常需要这种人才。因此，便任命鳖灵做了蜀国的宰相。

鳖灵做宰相没多久，一场大洪水暴发了。这场洪水和尧帝时代的大洪水几乎不相上下，给蜀国的百姓带来了一场灾难。望帝就让鳖灵去治理洪水。鳖灵在治水方面果然有办法，他带领大家把玉垒（lěi）山凿（záo）开了一条通路，使洪水顺着岷江向下流去，流进平原上的各条小河，再流进更小的沟渠。结果，不仅消除了水患，还灌溉（gài）了不少良田，老百姓从此可以安居乐业了。

望帝杜宇见鳖灵治水有功，就自愿把王位禅让给了他。鳖灵做了古蜀国的国王，号称"开明帝"。望帝禅让了王位以后，就搬到西山去隐居起来了。这时，正是春天二月时节，田野里的杜鹃鸟不停鸣叫，人们思念故君，一听见杜鹃鸟叫，就有种悲哀的感觉。

望帝死后，还惦（diàn）记着百姓的生活，所以，他的灵魂就化成了杜鹃鸟，每到清明、谷雨、立夏、小满等农忙时节，就飞来田间一声声地鸣叫。人们一听见这叫声，就都说："这是我们的望帝杜宇在提醒大家啊！"于是，大家互相提醒道："是时候了，快播种吧！"或者说："是时候了，快插秧吧！"

从此，人们就把杜鹃鸟叫杜宇，或者叫望帝，也有叫它催耕鸟、催工鸟等的。

五丁开山

望帝杜宇把王位禅让给鳖灵，鳖灵又传位给自己的子孙，传到第十二世子孙时，当时的国君将都城从郫迁到成都。

那时，已经到了春秋战国时期。强大的秦国总想吞并蜀国，但蜀国地势险峻，军队不容易通行。于是，狡猾的秦惠（huì）王想出一条诡（guǐ）计：他叫人做了五头石牛，每天在牛屁股后面摆上一堆金子，谎称石牛是金牛，每天都要拉出金子来。消息传到了蜀王的耳朵里，贪财的蜀王很想得到这些石牛，就派一个使臣去向秦惠王请求，秦惠王一看蜀王果然中计，就马上答应了。可问题来了：五头石牛又大又重，怎么才能翻山越岭搬到蜀国去呢？好在蜀国当时有五个大力士，人称"五丁力士"，是弟兄五人，蜀王就派五丁力士去凿山开路。终于，他们历经千辛万苦开出一条路，名叫"金牛道"，然后，就把五头冒充金牛的石牛搬运回去了。哪知道石牛搬回去以后，并不拉金子，气得蜀王大发雷霆，但又无可奈何，只得把石牛又送回给了秦国，还附上一句骂人话："东方放牛儿！"秦国人听到以后，笑着说："我们虽然是放牛儿，却要得到你们蜀国才甘心呢！"

秦惠王知道蜀王不但贪财，还很好色，进入蜀国的道路虽然通了，但还不能轻易进攻，得先用美女迷惑住蜀王再说。于是，就

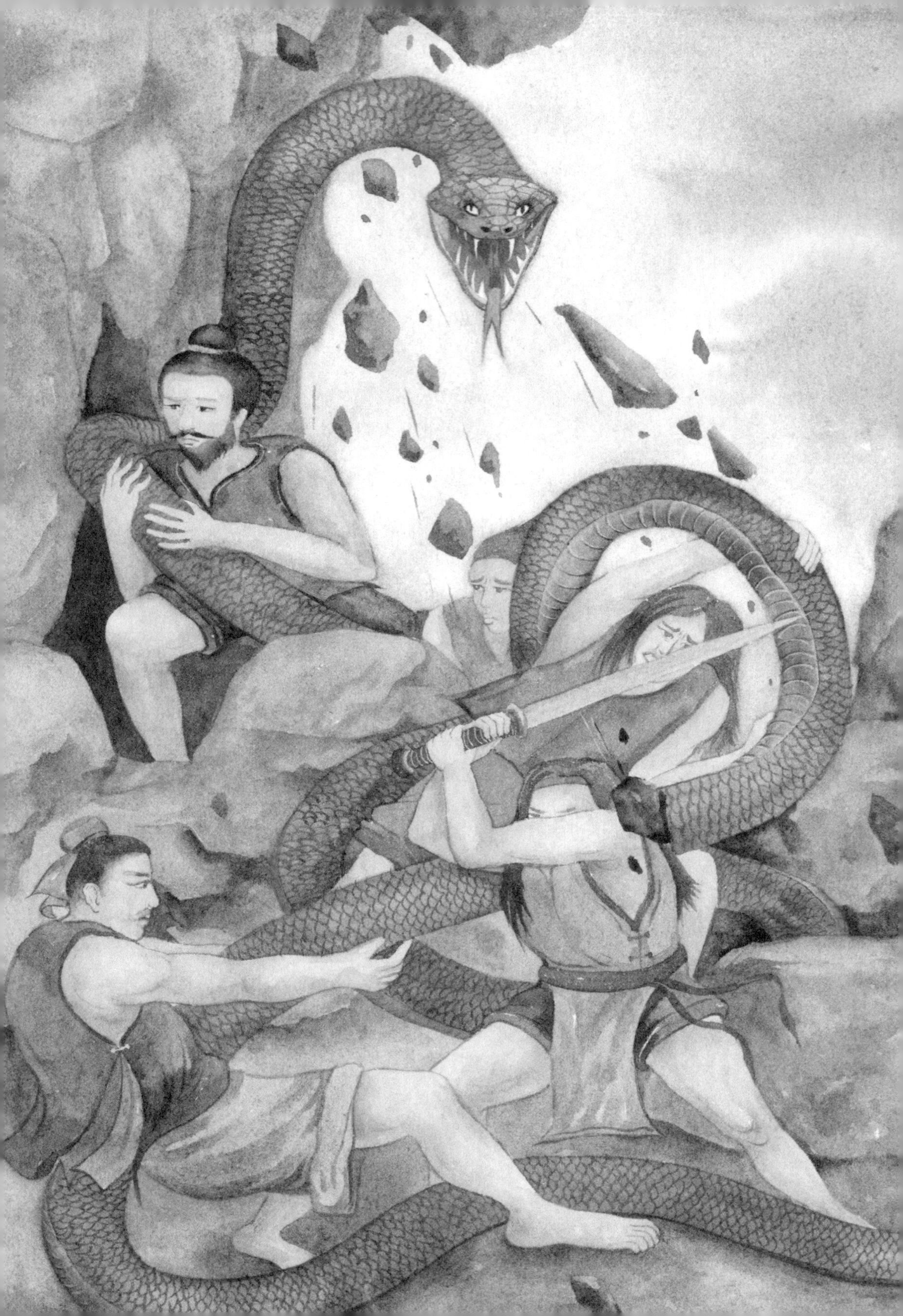

派使臣去向蜀王说："秦国知道自己错了，所以想献上五名美女给您，以表示歉意。"蜀王一听有美女，马上把旧账一笔勾销，又掉进了敌人的圈套，赶紧派五丁力士到秦国去迎接美女。五丁力士奉命来到秦国，迎接到美女后就返回。哪知他们走到梓（zǐ）潼这里时，忽然看见一条大蛇，正向一个山洞钻去。他们当中的一人，赶紧跑去抓住蛇的尾巴，使劲地往外拖，想把它拉出来杀死，以免百姓受害。可蛇的力量太大，一个人还拖不动它，于是弟兄几个都去帮忙，一边拖一边大声呐喊，声音响震山谷，大蛇一点点地被从山洞里拖了出来。弟兄们正高兴时，忽然那妖蛇作怪，只听得轰隆一声巨响，山崩地裂，尘土飞扬，霎时间，五个想为民除害的壮士和秦国献来的五名美女都被压死在山下，一座大山分为五座小山，每座小山上都有平整的石头，好像是给这些人建造的墓碑。

蜀王得知这事后，万分悲痛。不过，他悲痛的不是壮士们的死，而是五名美女没能够送到自己手里。于是，他亲自登临这五座山，装模作样凭吊了一番，并且把它们命名叫"五妇冢"，还在上面建造了什么"望妇堠（hòu）"、"思妻台"，而把五个壮士完全忘记了。但老百姓没有忘记五个壮士，把这五座山叫"五丁冢"。

秦惠王一听说五丁力士被压死了，可蜀王还在那里为美女伤心，就乐得心花怒放，知道蜀国已经不值得害怕了。便立即派遣大军从金牛道进攻蜀国，很快，蜀国就灭亡了。

这时，望帝灵魂化成的杜鹃鸟，眼见故国灭亡，虽然满心悲恨，但无计可施，只能在每年桃李花开放的二三月，对着春风和明月，一声声地叫唤着："不如归去！不如归去！"蜀国的人们一听见这声音，就知道这是望帝又在怀念故国了。

李冰斗江神

蜀国虽然灭亡，但老百姓并没有遭受太多痛苦。因为不久以后，秦国就派来一个名叫"李冰"的长官，他也像望帝那样关心百姓，热心治理这里的水灾。

李冰到蜀郡（jùn）做郡守前，岷江的江神十分好色，每年要选两个年轻漂亮的姑娘做他的妻子，稍不顺心，就兴起滔天的洪水来为害百姓。老百姓虽然非常痛苦，但每年还是得挑选姑娘去供他享受。李冰来后，知道这是江神作怪，便向人们说："今年不用大家操心了，我自有女儿给江神送去。"

到了给江神选妻子的那天，李冰果然把他的两个女儿打扮起来，准备沉到江里送给江神。江边的神坛上，摆着江神的神座，陈列着香花灯烛、酒水贡品之类，坛下有一群穿着彩色衣服的人，正在那里吹吹打打，好不热闹。李冰端着满满一杯酒，走到神座前面，向江神敬酒说："我很荣幸能够把姑娘嫁给您，那么，请露出您的真身来吧，让我敬一杯酒！"

神座上安安静静的，没有丝毫动静。李冰略微停了一下，接着说："请您干杯！"说完话，自己举起酒杯来一饮而尽，可神座上陈列的几杯酒却仍旧满满的，没见丝毫减少。李冰突然发怒地大声说道："江神既然瞧不起人，那么，我只好和您拼个死活了！"说完，就从腰间拔出宝剑来，而他的人忽然就不见了。一时间，乐鼓声都停了下来，所有看热闹的人都惊呆了。

过了好一会儿，大家才发现对岸的山崖（yá）上，有两头灰色的牛在拼死角斗呢。它们斗了一会儿，就一齐消失了。忽然，只见李冰脸上流着汗，气喘吁（xū）吁地跑回来，向他的随从说："我战斗得太累了，你们得帮一下忙才行。大家可要看清楚，那脸朝南，腰间拴着白带子的牛就是我。"说完，他又变成一头灰色的牛，跑去和江神变成的牛继续搏（bó）斗起来。这次，他身上带有标记，随从们就拿着刀枪，冲过去刺杀那头没有标记的牛。结果，江神就被刺死了。

也还有另一种说法是：李冰和江神大战时，自己变成牛，江神却变成蛟龙，李冰打不过他，就跑上岸来，选了几百名强壮的士兵，都拿着弓箭，和他们约定说："刚才我变牛和江神战斗，如今江神也一定会变成牛来和我战斗，我拿白带子拴在身上做标记，你们就杀那头没有标记的。"说完，李冰再次跳进水里，一会儿，雷声震响，大风呼号，只见两头牛在水面上猛烈地战斗，其中一头牛腰间拴着白带子。于是，士兵们就一齐把箭射向那头没有标记的牛，作恶的江神就这样被射死了。

在帮助李冰诛杀妖怪的人中，还有大家都熟悉的二郎神，据说他是李冰的二儿子。李冰献给江神的两个女儿中，就有一个其实是这个儿子假扮的。

李冰杀死这个作恶的江神后，便在城西的玉女房下白沙邮（yóu）这里，做了三个石人放在江心，并和以后的江神约定：水少不能低过石人的脚背，水涨不能淹没石人的肩膀。然后，他又带领人们用竹片编成竹篓（lǒu）子，里面装满石块，在江心顺着水流的方向建了一条长堤，叫湔堰（yàn），又叫金堤，使江水分流，既灌溉了万顷良田，又消除了水灾的威胁。从此，蜀郡号称"天府之国"，年年都有好收成。

　　为了纪念李冰父子治水的功绩，人们在江边山上修了一座庙，叫崇德庙，每年春夏之交，各地的人们就络绎不绝前来祭拜。

西门豹治邺

既然说到了治水,这里再讲一个跟治水有关的故事。

战国时候,魏国的邺(yè)(即今天河北临漳县)这个地方,有一个奇怪的风俗,就是为河伯娶妻。当地的乡官和一个老女巫勾结起来,专门用这个事情来骗老百姓的钱财。

每年快到河伯娶妻的日子,老女巫便挨家挨户去查看,见了中意的姑娘,就说:"你家的姑娘长得不错,该去做河伯的新娘子啦!"然后给这个姑娘家里一点钱,便把她强行带走。他们给姑娘梳洗一番后,就把她关在河边临时搭起的一间"斋(zhāi)官"里。到河伯娶妻那天,人们就把这可怜的姑娘打扮好,让她的亲人们在河边祭奠(diàn)她,然后和她抱头痛哭一场告别。接着,在老女巫的指使下,人们把这姑娘放在一张下面铺着篾席的花床上,由几个大汉抬着丢到河里去。刚开始,花床还浮在水面上,顺水向下流去,渐渐地就沉到水里去了,河中传来姑娘的哀号(háo)和求救声。这时,岸上鼓乐齐鸣,庆祝姑娘被河伯"娶"走了。其实,大家心里都清楚,姑娘是被活活淹死了。

所以,凡是家里有女儿的,都害怕女巫来讨去做河伯的新娘子,很多人因此带着女儿远走他乡,这一带的人都快走空了。剩下的人们,生活过得更加艰难。大家都反感这害人的风俗,但又怕河

伯真的会发怒，兴起大水淹了自己的家园，所以，只得被迫忍受。

不久，一个名叫"西门豹"的人被派到邺这里来做县令。当他知道百姓的痛苦后，决心要除去这种丑恶的风俗。于是，他向那些乡官说："你们下次给河伯娶妻时，一定记得通知我，我也要来送一送新娘子。"这些乡官都高兴地说："好，好，到时候一定请大人前来。"

到了河伯娶妻那天，西门豹果然来了。人们都好奇县官居然也有这种兴趣，于是，来看热闹的人也比往年多出很多。替河伯选新娘子的老女巫，年纪已经七十多岁了，身后跟着十来个年轻的女巫，据说都是她的徒弟。西门豹说："来人啦，把河伯的新娘子领过来，让我看看长得好不好。"女巫们便把一个哭得像泪人儿的姑娘从屋子里领出来，推到西门豹跟前。西门豹看了一眼，摇头说："不行，这姑娘长得不好看，麻烦巫婆去告诉河伯一声，改天选个漂亮点的姑娘送去。"说完，便命令手下把那个老女巫抱起来扔进了河里。

过了一会儿，西门豹皱着眉头说："巫婆去了这半天还不回来，叫个弟子去看看。"又派人把一个年轻女巫扔进河里。就这样，接连扔下去三个年轻女巫。西门豹又说："巫婆的弟子都是些妇女，恐怕传话不清楚，还请各位乡官去说一说。"说完，派人把一个乡官扔下河去。两岸的人们都看呆了。而西门豹却恭恭敬敬地站在河边等着，那些乡官一个个吓得呆若木鸡，站在西门豹的身后大气都不敢出，不知道下一个又该轮到谁。河边的音乐早停止了，好几千人鸦雀无声。

西门豹又说话了："巫婆和乡官怎么还不回来？再请哪位去看看？"剩下的这些家伙们一听这话，个个都吓得面如死灰，一齐跪在地上朝西门豹直磕头，血都磕出来了，苦苦哀求放过自己。西门豹想了想说:"既然你们谁都不想去见河伯,那么,从今天开始,就停止这个活动,回家去吧!"从此,这个丑恶的风俗就没有了。

后来,西门豹发动全县百姓开凿了沟渠,把河水引来灌溉农田,老百姓从此过上了水旱无忧的生活。